長く暑い夏の一日

一个漫长炎热的夏日

渡边淳一 著

纪鑫 译

青岛出版社
QINGDAO PUBLISHING HOUSE

目 录

午 前 / 001

午 后 / 047

傍 晚 / 101

初 更 / 147

深 夜 / 201

① 午前

医院的早晨醒来得特别早。

刚到六点,走廊上就早早地响起说话声和来来往往的脚步声。排在早晨最首位的体温测量即将进行,与此同时,陪护们开始洗漱,病患则进了厕所。

值班室就设在厕所近前的水洗间旁,所以拖鞋踢踢踏踏的声响不断穿墙而入。

值班医生尾津正和在睡梦中听着这些噪音翻了个身。

值班室有六块榻榻米大小,中间铺着一套被褥,右边是更衣橱,一张麻将桌被挤在左墙根,上面胡乱摆放着喝空了的威士忌酒瓶和酒杯。

昨晚有个实验,每隔两小时就得给狗打一次针,尾津睡下时已是凌晨三点。睡前倒是有医务室的同事一直陪自己打麻将,打完后他们全回家了。自己本可美美地睡一觉,但值班室朝东,阳光照进来得太早。虽说才六点,太阳已迫不及待地透过褪色发白的窗帘照射进来。屋里挂这么薄的窗帘根本睡不安稳,求总务科给换个厚的,却一直不见后者动静。

"他妈的……"

尾津用毛巾被把脑袋蒙得严严实实。今天九点开始病房巡诊,之后要到门诊部坐诊;下午还有个输尿管成形手术。手术相当复杂,差不多要花两个小时,所以必须保证睡眠充足。

尾津使劲闭着眼正琢磨既然这么亮又这么吵要不要起床时,电话响了。

"又怎么啦……"

尾津烦躁地叫起来,毛巾被仍盖在头上。

昨天没做大手术,理应不会有出什么问题的病人。轻微疼痛或排尿不畅这类症状,护士就可以适当处置处置嘛!尾津压住火抄起枕边的听筒,里面传来一位年长男性的声音:

"是城西医大泌尿科吗?"

外线电话都是经接线员转进来的,当然是泌尿科喽,尾津爱搭不理地应道:

"是啊……"

"我是箱根的芦之湖医院。"

管你是哪里!尾津拿着话筒把哈欠咽回去,听对方接着说:

"昨晚这附近出了交通事故,有个男的开车撞上护栏,头部受伤住院了。"

这里可不是脑外科！真受不了大清早的就打错电话！

"我们可是泌尿科啊！"

"知道。那位伤者看样快不行了……"

跟快死的人更没关系！尾津懒得再理他，正要挂掉电话时，话筒里男子又说：

"因为以前跟奈良原先生聊起过。"

对方口中的奈良原先生是尾津的主任教授。

"要是可能，可以当他是个供肾者。"

"失敬失敬！先生您怎么称呼？"

"我是芦之湖医院的外科医生土屋，曾受奈良原教授委托，说如果有适合肾移植的病人，可联系这里。"

"谢谢您专程打来电话！伤者的姓名是？"

"森茂夫，男性，三十五岁，A型血。"

"这么说，能拿到他的肾？"

"眼下正跟伤者家属商量，他们初步同意。"

"那位伤者确实挺不过去了？"

"当然，刚送来的时候就没知觉，脊髓液都从耳朵里流出来了，可能是头盖底骨骨折。现在正在吸氧打点滴，估计最多还能撑两三个小时。"

"知道了！马上联系教授！噢，我是泌尿科的尾津。"

只穿着背心短裤的尾津脑袋完全清醒了。

"我们马上给您回电话，能请您留个号？"

尾津拿起麻将桌上的纸片和扔在一旁的圆珠笔。

"晚上值班,刚才还睡着,不好意思!"

尾津一边记电话号码一边再次向这位看不见的来电人鞠躬致歉。

尾津瞅了一眼枕边的表,六点五分。

接到芦之湖医院通知的尾津医生当即给教授家打去电话。

遇到此类紧急情况,允许直接往教授家里打电话。时间虽然还早,但教授很快就接听了。

"那火速安排去芦之湖医院!"

奈良原教授听完汇报,即刻下令去接肾。

"你最好找个伴,两人一起去。"

"一到那边就先取供肾者的血样带回大学?"

"要是拖得久,最好那样。"

"那么在可以摘取前我就一直等在那边。"

即便接受捐肾,还存在着跟受捐人身体相容不相容的问题。要验证这一点,必须核实血型及组织相容性,提前得到供肾者的血样,可使验证工作顺利进行。

"没有住医院附近的?"

"村上君开车五分钟左右就能来。"

"那马上叫他来!你有车?"

"有是有,不过村上君的车新。"

"也可以叫警车,不过不清楚过去后是不是马上就能摘除,先开他的车去吧!"

"现在这个点,走东名高速①大约一个半小时就能到。"

尾津开车兜风去过箱根周边几次,对路况有所了解。

"取肾所需器具那边应该也有,为保险起见,最好备齐一套带去。再就是别忘了保存箱和冷藏灌流液。"

"没问题。"

取出来的肾要先用灌流液洗净血污,然后浸入电解液冷却,再装进特殊的保存容器运送。

"到那边后马上联系我,这里也好看情况提前做准备。"

"要是到那边时人已经死了该怎么办?"

"一个小时以内的话,将肾灌流冷却后摘除!应该来得及。"

"遵命!"

尾津叫来比自己晚三期的村上医生,早上七点,两人一同离开医院。

"真吓我一跳!"

只因恰巧住在离医院不远的公寓,大清早就给叫出来,村上心不甘情不愿。

"还以为住乡下的老娘不好了呢!"

---

①东名高速:从东京都世田谷区入口,经神奈川县、静冈县至爱知县小牧市的小牧IC 的高速公路。

"你妈哪儿不好?"

"就是血压有点高,可还真没这么早打来过电话哎!"

村上睡眼惺忪地打了个哈欠。

"喂!打起精神!路上出点事可不得了!"

"没问题!我开车绝对有把握!"

起初打算开尾津的车去,因村上一个月前刚淘汰旧车买了辆新款跑车,遂商定开他的。

"开车好说,车里的油是不是够用不太有数,这附近哪儿的没个加油站?"

"青山大道上会有通宵营业的吧!"

到箱根单程一百一十多公里,因为要跑高速,油量最好富余些。

"另外,这加油费医务室给报销吧?"

"少婆婆妈妈的!当然,连高速过路费都给报销啦,放心放心!"

箱根之旅不假,但这可是去取移植手术用的肾,肯定算公务。

"那我就放心大胆地使劲跑喽!"

沿医院门前道路南下驶入青山大道,有个二十四小时营业的加油站,村上在这里停车加满油。

"还有,早饭怎么办呀,前辈?"

"这种事到了那边再打算不迟。别惦记吃饭了,去喝杯咖啡清醒清醒吧!"

尾津在加油站里的自动售货机上买了两份速溶咖啡。

"现在直接从涩谷上高速!"

"走东名到御殿场吧?"

"也行,或者趁着时间早,从厚木上小田原,跑箱根新道更快。"

"那就交给你啦!"

哪个方案距离都差不多,关键是路上能跑得快。

"采到供肾者的血样后,我自己先回大学?"

"必须先检查组织相容性嘛。"

不回大学,组织相容性检查及交叉对比实验就没法做。

"可供肾者要是还活着,前辈就必须留在那儿,那样的话,车怎么办?"

"到时候看情况吧……"

尾津的最终任务是拿到肾,不到现场看看,什么都不好说。

"他们真热心啊,特地打电话联系,是芦之湖医院?"

"是位叫土屋的外科医生。咱们的前辈,跟教授像是很熟。"

假如这位医生对此视而不见置之不理或是通知了别的医院,那就做不成肾移植手术或是移植到了另外的患者身上。显然,一个医生的行为会改变病人的命运。

"今天这移植手术距上次可有些日子了,308号的田冈以后就没再做吧!"

尾津他们医院最近一次肾移植手术是半年前的二月初做的。一位名叫田冈安夫的二十二岁青年接受了自己母亲提供的肾。因为是母子关系,血型吻合、排斥反应也少,手术过程很顺利。近期没怎么来医院,应该去他父亲经营的建筑公司帮忙了。

"近来一直用活体肾?"

的确,那次之前的手术也是一位父亲将自己的肾给了孩子,总之移植的都是从活人身上摘取下来的所谓"活体肾"。

"有两年没用死体肾了吧?"

"两年半啦!我进医院的第二年在手术室现场学习过,所以记得清楚,供肾的是同院内科的一位患者。"

"死因是脑血栓,角膜和肾全都捐了。"

活体肾,如其字面意思,是从活人身上摘取下来的肾。在人体腹部两侧后方各有一只肾,一个健康人摘除一只肾对身体并无大碍。

移植活体肾时,从父母、兄弟、配偶身上摘取的情况居多,血型相同、组织相容性良好,手术效果也极佳。

遗憾的是,并非所有肾病患者都能得到骨肉血亲的肾。这时候,如果有死者提供所谓死体肾就再好不过了。虽说是别人的肾,只要血型吻合、组织相容性良好,与活体肾一样可以发挥作用。

但此时有必要在人死后尽快将肾取出,如果死后长时间放置,细胞会因缺氧受损,从而导致肾功能丧失。

理想状况是人死后马上或者最迟在三十分钟内取出。

为此,最近以欧美为代表的一些国家,包括日本,都建起了肾脏银行。同意死后捐肾的人士登记在册并持有捐肾人卡。

但相比欧美,日本持有该卡的人少之又少。即使明白自己死后肾会对他人有用，可是一想到身体被无端切开，肾被人取出，便不由打了退堂鼓。

反正死后只是被烧掉，捐就捐呗——能如此看得开的人还是极少数。

当前，全国靠人工肾勉强延续生命的患者有六万之多，其中近三成，约一万八千人希望做肾移植手术。但迄今为止，通过肾移植手术恢复健康的仅有区区两千人，而接受死体肾移植的还不足四百人。

寄希望于肾移植的患者人数众多，助其实现愿望的技术也已成熟，可偏偏没有肾源。

全国的肾功能衰竭病人日夜翘首以盼，不知哪儿会有为自己供肾的病危之人。

现在，这机会偶然降临到了自己面前。

睡眼惺忪的尾津如此急切也就不难理解了。

车子从涩谷入口上了首都高速。

"说起来，病人家属真是通情达理啊！"

村上喝着咖啡说。

"据说是初步同意，能不能完全想得通还不得而知。"

"死后给人在身上鼓鼓捣捣，尤其是自己家人，总会感觉不太爽嘛！"

"不过，想想反正人也没救了，死后把肾留在世上，并且在他人体内活下来,不就能接受了?"

"可能吧……"

"医务室成员都要在肾移植普及会登记。"

"当真?"

"因为咱们实际上是在用别人的肾做手术。干这一行的人却不捐肾,道理上讲不通吧。"

"正因为咱们干这一行,才不愿意捐吧,可能的话。"

本以为村上年轻对身后事并不在意,看来没那么简单。

"死后只是给烧了嘛,摘个肾下来没什么大不了吧!"

"可有人说身上有疤就成不了佛呢!"

"真是老脑筋啊,你小子……"

"听我奶奶说的。"

不能不说,这种观念的确成了捐肾的绊脚石。

"你这种花花公子再怎么着都成不了佛!又换对象了吧!"

"不是换了,是给上一个甩了!"

早晨的首都高速上,大卡车像要把路面统统据为己有似的挡住了尾津他们的去路。村上灵巧地从它们中间穿行而过,加快了车速。

"总之,我们都得有捐肾人卡。"

"所有医生?"

"不不,当前仅限于泌尿科跟移植有关的这帮人。"

看村上一脸可怜相,尾津苦笑道:

"当个泌尿科医生很失败?"

"倒不是那个意思……"

难得这家伙一大早就爬起来开车,说多了惹他不痛快可大大的不妥。

"你小子命还长着呢,不用怕!"

尾津说话安慰他时,车子从首都高速驶入了东名高速。

七点半后,驶往首都中心的上行车道渐渐拥堵起来,而下行线路则畅通无阻。

"今天看样还会热起来。"

最近,超过三十度的盛夏大热天已持续数日,今天也一样,前方天空布满了将要呼唤暑热到来的卷积云。

"有点想借机去玩玩的感觉哎!"

"说是开车到箱根兜风,可两个大男人也不像样啊!"

"不过,箱根可不是人人都知道的好去处噢,想不到吧。这阵子的小年轻,言必称湘南海岸①或是轻井泽②,问他们箱根还有热海③,倒像是一无所知。"

"宫之下①、塔之泽②一带有不少古香古色风格迥异的旅馆吧!"

---

①湘南海岸:日本神奈川县中部相模湾岸一带,气候温暖、海岸线绵长,是东京~神奈川县川崎市~横滨市相关地域的住宅区、游乐区。

②轻井泽:日本的一处避暑胜地,位于长野县东南部,浅间山的山麓平地上,是日本最有名的豪华别墅区和上流社会聚居地。

③热海:日本本州岛东南伊豆半岛东岸城市,是日本三大温泉之一。气候适宜,为游览疗养胜地,京滨地带的别墅区。

"对!不管怎么说,箱根都是日本开放最早的度假区嘛!可给人的印象实在太老气横秋,感觉是个适合退休存了点小钱的老爷爷老奶奶慢慢悠悠溜达溜达的地方。"

"年轻人不来吵吵,乐得个清静,也有它的好处吧!"

车子驶过川崎收费站,村上驾车在三车道最右边的超车道[③]上疾驰。

"芦之湖也有些好酒店。可以从房间直观湖景,再远处就是富士山。"

"跟你对象也去过那里吧!"

"我是藤泽生人,那一带就跟自家院子一样!下次医务会去箱根开吧?正好是赏红叶的好时候。"

"那事嘛,到时候再打算不迟。"

尾津想起自己这是在去取肾的路上,而肾的主人即将死去。

要是头部遭受撞击的伤者已经死亡,则必须马上将肾取出返回。大学里可以移植这个肾的病人正在苦等。

"八点啦……"

尾津为让自己提起神来,对了对手表和车上的时间,两者都是差五分八点。

---

①宫之下:位于箱根汤本的中心位置,被誉为富士屋酒店的代表,曾有许多有名人士前来投宿,现在仍保持着当时的风格。
②塔之泽:箱根七处著名温泉之一。
③最右边的超车道:日本道路交通规定靠左侧行驶,最右侧车道为超车道。

"还是在厚木下高速吧!"

公路左边,有块"横滨出口500m"的路牌。

"再过会儿,去海边的车多起来路上就堵了,眼下倒是没问题。"

"今天是星期二?"

"学校正放暑假,星期几都一样。"

"总比星期天强吧。"

越驶近海边,身旁的车辆也越多。长途专用大卡车及车顶上架着冲浪板的红色轿车穿梭而过。清早起来,有人上班,有人去海边玩,还有人去取肾。明媚的阳光下,怀有不同目的的车辆都在飞奔着。

"那位伤者什么时候出的事?"村上问。

此时,右边丹泽的群山已清晰可见。

"昨晚。说是半夜撞上了护栏。"

"哪儿的护栏?"

尾津也不清楚撞了哪儿的护栏,箱根的山路不知绕了几道弯,而且夜间基本没有照明。

"深更半夜地跑去那儿干吗?"

"谁知道,八成是打瞌睡了。"

"可一般在拐弯多的地方精神紧张睡不着啊。"

不管怎么说,正是因为这场事故,在大学医院里住院的一位病人才得以获救,真是奇妙的机缘。

"就是说,出事后马上给送到芦之湖医院了?"

"应该是。"

"半夜的话,那可过去挺长时间了。"

虽说没正式询问时间,假定事故发生在凌晨两点前后,的确已经过了近六个小时。

"咱们到达之前还能活着吧?"

如果要移植的肾不能在死后最迟一小时内取出,就会失去利用价值。因此在尾津他们到达医院前,伤者依然活着是非常必要的。

"土屋医生说能坚持两三个小时,应该没问题。"

前方出现"厚木出口500m"的路标。

"这种情况,不用给家属谢礼?"

"这要看接受移植方家人的意思。原则上讲,接受的是逝者一方的好意,所以不需要谢礼。"

毕竟是在非亲非故的人的遗体上划道口子获取脏器,接受移植的一方答谢一下应该也算是常理,一般就是对供肾者好意的还礼。

"再快点吧!"

车速已超过一百公里,车内响起超速警报。

"情况紧急嘛,纯属无奈之举。"

尾津也做好打算,要是给警车拦下就如实报告。

"不过,真没想到会被委以运肾的重任啊!以后这种差事越来越多,大学里最好配架直升机吧!"

"配那么个玩意儿,费用可不得了!"

正面右边现出富士山的雄姿,夏日清晨的天空中薄雾弥漫,山色朦胧。

"现在去打个高尔夫什么的该多爽啊!"

远眺着清秀的富士山,的确会生出这种心思。

"下周日前后怎样?不去玩玩?"

村上自学生时代起就玩高尔夫,所以"差点①"是一位数,而尾津还进不了一百杆。

"箱根也有相当不错的场地哟!"

"但现在不行吧!"

"搁平日,说不定就能挤出时间了。尾津前辈什么时候开始休暑假?"

按医务室规定,医生们分为八月的第一周组和第二周组,两组轮流各休一周。

"我打算先休。"

"那跟我一样,约上水野前辈一起打吧!"

"可他是重症室的主治啊!"

水野医生跟尾津同期,如果今天做移植手术,那他自然就得担任手术患者的主治医师。

---

①差点:高尔夫选手打球的水平与标准杆(72杆)之间的差距,差点数值越低,水平越高。后文说尾津的杆数过百,即水平较低。

"一旦做了手术就休不成假了。"

死体肾移植的成败,全在术后一个月的时间里。这期间移植过来的肾会起作用,但排不出尿以失败告终的概率也很高。今天是七月最后一个星期二,所以八月第一周就相当于最为关键的时期。

"再一个,谁接受移植?"

泌尿科现在有三十多位预定肾移植手术的患者登记在册并在排队等候。当然,顺序归顺序,因为必须跟供肾人的组织相容性匹配,所以不一定完全按顺序进行。

"跟供肾者一样是 A 型血的话,关根先生也合适啊。"

姓关根的这位病人一年多以前起就由村上主治,目前正在等待供肾者的出现。

"但他岁数太大了吧。"

"年轻人还有将来可言,上了年纪的迟早得死,所以就往后拖,是这个意思?"

说话的瞬间,可能他猛踩了一下油门,一直显示为一百一十公里的速度表眼瞅着攀升到了一百三十公里。

"喂喂,用不着这么玩命开吧!"

当然并非不相信村上的驾驶技术,可时速超过一百三十公里后,车体开始微微左右摇晃起来。

"路面真宽敞!"

车子很快过了酒匀川,直直地向海边驶去。刚才从厚木出口下高速时耸立正前方的富士山在身后渐行渐远,只能隐约看到从明神岳山深处露出的山顶。

"关根先生独身一人,好像也没有能供肾的亲人。"

如果患者病症相同,负责手术的医生的心理一般倾向在年轻人身上试刀。特别是像移植这种对患者负担较大的手术,年轻往往是决定成败与否的关键之一。

"要是捐肾的人再多点就好啦!"

"所以才要你也做捐肾人登个记嘛!"

尾津对一方面清楚肾的必要性,一方面不愿成为捐肾人的村上的心思也不是不能理解。

"听说美国有肾交易,真事?"

"一个八千来美金。"

"这么贵?"

尾津点了支烟摇下车窗。以一百一十公里时速扑面而来的风中掺杂着海的气息。

"我在那边的时候,真有买肾的,没错!"

尾津曾在美国留学研究肾移植,直到两年前回国。

"太过分了!"

"是呀……"

"哎,没有这么个说法?不管儿子或是爷爷,从死去的自家人遗体内取出肾来卖,在美国不算是遗体破坏罪?"

"在死者家属知情的前提下取出不算破坏,因为这是出于救人性命的目的嘛。"

"可再怎么着,也不该倒卖亲人的肾吧!一个八千美金,那可是二百万日元①呐!"

"钱并不都给死者家属,大部分是取肾的手术经费。"

"但也有一部分进了家属腰包啊!"

"那算是针对捐赠的谢礼,有时候当作一种奠仪送给家属。"

"不管怎样,我坚决反对肾交易!"

湘西②辅道白色高架桥在前方清晰可见。再往前,朝阳下的海面波光粼粼。跑车旋即从小田原西出口驶离小田原厚木公路,进入箱根新道。

"这条路开通后真方便多了。"

"以前得从塔之泽爬宫之下的长坡,而且只有从小涌谷进芦之湖的路。"

箱根登山铁路直到现在仍沿着那条旧道在绿色山谷间穿行。

"话说回来,原来的东海道就是沿这条路来的吧。"

"对,从朝日瀑布③一带进元箱根④。"

"这么说,还去过一次呢。"

已经是很久之前的事了,那条路就是箱根老街,半路上应该还

---

①二百万日元:本文最早发表时间为1982年6月,当时美元对日元汇率约为1美元=250日元。
②湘西:神奈川县相模湾沿岸的湘南地区以西地域的总称。
③朝日瀑布:富士山附近的瀑布之一。
④元箱根:位于神奈川县足柄下郡箱根町内较大的居民聚居区。

有个资料馆。

"我说,今天肯定很热!"

太阳还不高,蝉已开始在漫山遍野的绿色中鸣唱。

"跑到这儿才花了一个小时十分钟。"

村上指指车上的时间不无得意地说。

"到芦之湖还有不到二十分钟。医院在元箱根那边?"

"应该在神社稍往前一点。"

尾津回头扫了一眼放在后座上的肾脏保存器及装满手术器具的箱包。

"唉,美国也是什么样的人都有不是?"

村上又嘟嘟囔囔地聊起这茬。

"肾有两个,怎么就不能有想卖掉一个的人呢!"

"没实际见识过,听说真有卖自己肾的家伙。不过这是道听途说,不足为信。"

"真够狠的……"

村上叹了口气。

"这不算把身体切开零售?"

"日本人里不也有卖血的嘛!"

"血这玩意儿补充点营养还能恢复,肾摘掉一个可就彻底玩完了。"

胆敢如此胡来的家伙确属另类,什么人都有也正是美国这个国家有意思的地方。

"法律在这方面没有规定?"

"的确有医生搞了些出格的勾当,现在在美国也属禁止之列。"

"要不然可真成问题!"

"那座山叫什么名?"

尾津转换了话题。

"大观山,从山边穿过就能到汤河原。"

车子像是快接近孙助山的山顶了,公路在这里形成十字交叉,车子右拐向芦之湖开去。

"开冷气吧?"

"难得来趟箱根,呼吸点新鲜空气吧!"

车子拐弯抹角地沿坡道缓缓下行,途中有处喷漆脱落被撞扁的护栏。

"莫非撞上了这儿?"

"这种程度的事故不至于头盖底骨骨折吧!"

尾津又想起了身受重伤濒临死亡的供肾者。

"应该还活着吧。"

最早接到电话是六点,已经过了近两个半小时。

"不过,这家伙办了件糊涂事啊!"

"怎么?"

"我说的是撞上护栏的那位,还很年轻吧?"

尾津点点头,因为办了这件糊涂事,使一位病人获救也是事实。

"人的命运真捉摸不透啊！"

的确，现在头盖底骨骨折躺在床上等死的伤者，昨晚可能还在这一带精神十足地驾车兜风，而六小时后就意识全无气若游丝，肾还要给摘掉了。

"看到啦！"

村上手指的前方巨树茂密，树丛间芦之湖银光粼粼。时间还早，观光船、小游艇都还不见踪影，湖面上一片静谧。

"还头一次见识这个时辰的芦之湖。"

车子驶下坡底，过了关卡遗址①沿湖畔向元箱根驶去。

才刚过八点，路上基本没人，特产店也都关着门。游客大概九点以后才会从酒店或疗养院出来。

"从神社那儿右转往上开？"

"那儿有人，还是问问的好。"

可能是营业所的巴士司机吧，一个身穿制服的男子正在自动售货机前买烟。村上停下车，隔着车窗打听医院的方位。

"爬上那道坡右拐就是。"

巴士司机撕着烟盒答道。

"不会是知道咱们要来拿快不行了的那人的肾吧？"

尾津边点头回应村上，边盘算到医院后的安排。

---

① 关卡遗址：指箱根关卡遗迹，是江户时代设置于东海道的关卡，日本最有名的关卡之一。

先向主治医生道谢,请他让自己马上见见伤者。假如伤者已经死亡,而且死亡时间不长,那就该即刻取肾;要是还活着,就做好摘取准备,随时待命。同时联系大学方面,等候教授的下一步指示。

"到啦!"

村上叫道,尾津应声抬头,前面赫然出现一栋两层建筑。玻璃正门紧闭,门前停着一辆警车,红色警灯仍在闪烁。

村上将车停在正前方左侧用白线标示出的停车场里,两人向正门走去。本以为上着锁,门却自动开了,换鞋处前面写着"外来用"的木箱里放有拖鞋。

换上拖鞋进到里面,左侧是挂号处和药房的窗口,右侧摆放着长椅作候诊室。尾津走向窗口,问里面:

"我们是城西医大来的,土屋先生在吗?"

问了两次,出来个二十四五岁的女子,她打量了尾津和村上几眼后点点头。

"马上去叫,请您稍等。"

从挂号处女子看似惊讶的表情来看,她应该刚来,可能对急诊病人的情况还不了解。

女子走出视线后,尾津又环视四周。候诊室前面放着台十八英寸的电视机,与其相对的墙上写着医院的诊疗科目及工作人员的姓名。由此得知,院长名叫植原,是位内科医生;土屋医生则是外科副院长。另外小儿科和妇产科像是还各有一位医生。医院规模并不大,但从镇子大小上看,似乎正合适。

"箱根只有这家医院?"

"仙石原和汤本应该也有。"

村上答话的时候,走廊尽头出来一位白衣男子。他急匆匆地走近前来,先低头一礼。

"我是土屋。"

尾津连忙递上名片。

"今早失敬了。我们按教授吩咐马上赶了过来。"

土屋医生四十岁上下,白大褂下套着的浅茶色敞领衬衫从胸前露出,衣袖挽到肘部,光脚穿着凉鞋。大概因为从昨晚开始就没怎么睡,头发乱蓬蓬的,下巴冒出薄薄的一层胡子茬。

"来得很快嘛!"

"从东名高速转到小田原厚木公路,跑箱根新道来的。"

"早晨这段时间,那条路应该快。"

"伤者怎样?"

"还不要紧。"

尾津跟村上对视一眼,松了口气。这样的话,一大早驱车赶来还是有意义的。只要供肾者还活着,就能取出新鲜的肾,今天的手术就等于成功了百分之八十。

"太好啦!一直担心要是来晚了该怎么办呢,他情况怎样?"

"处于脑死亡状态……"

"能让我看看?"

土屋医生脸上犹豫了一下,旋即又点点头。

"倒是没问题,带白大褂了?"

经他一提才意识到,尾津和村上两人都只顾着火速赶来,忘了带白大褂。

"伤者家属就在旁边嘛,那把我的借给你俩。"

不认不识的陌生人站在即将死去的伤者床边,的确会伤害家人的感情。

"穿我的差不多合身。"

尾津不胖不瘦,穿土屋医生的白大褂没问题;村上个高,穿上偏小,不过眼下不是讲究这些的时候。

"走,去医务室。"

土屋医生走在前面带路。左边是内科,右边是外科,挂号处给夹在中间,土屋医生向右边里侧走去。

"听您电话里说,昨天夜间很晚出的事?"

"是啊,凌晨两点左右,像是撞上了快到小涌谷那儿的护栏。"

外科门诊诊察室旁边设有治疗室,再往前是一段楼梯。

"从事故现场直接送到这里的?"

"事故发生后稍过了些时间,有辆车路过,是那辆车的司机发现的。"

医务室看样是在二楼,土屋医生边上台阶边答道。尾津记起,来的路上写有"右""小涌谷""强罗"等标识,伤者就是在那前面出的事。

"要说头盖底骨骨折,车速得相当快吧!"

"听说撞开护栏掉下半山崖了。"

"醉驾？"

"可能稍喝了点，警察也说没多大量。"

上到楼梯顶，左右是两排病房。大概是夏天清晨的缘故，房门全都四敞大开，其间有蕾丝门帘在轻轻摇摆。

"深更半夜的，开车出去干吗？"

"大概是在赶回东京的路上。听说他是个中学教师，跟同校的老师一起来箱根的宿舍玩。"

"他是打算自己一个人回去？"

尾津问话时，走廊对面走来两位警官，他们看到土屋医生后立定敬了个礼。

"从家属那里初步了解到一些情况，改日再来。"

警官们又敬一礼后离开了。想必医院正门口停着的警车就是他们开来的。

送走警官又前行二十来米便到了病房值班室。才刚过八点半，但这里的四名护士有的查病历，有的往注射器里加注射液，个个忙得不可开交。

"补上甘油了？"

土屋医生隔着走廊窗子问，正在看病历的圆脸护士答了声"补上了"。

"量量血压！"

土屋医生吩咐一声。再走过两扇门就是医务室了，屋内约十坪①大小,中间放着张桌子,桌子一头竖了块黑板;右侧墙边是书架,左边立着更衣橱和冰箱;敞开的窗外,青山近在咫尺。

"来,先歇歇!"

土屋医生请尾津他们在桌前椅子上坐下,自己从更衣橱里拖出两件白大褂。

"这件可能有点脏。"

"没关系,旧的就行。"

两件白大褂中,尾津穿了件刚洗的,村上穿了件稍旧的。

"果然短了。"

不出所料,尾津的正合身,村上那件看起来又瘦又小。

"这样就没问题了。"

村上为掩饰衣服不够长,把袖口挽了起来。

"那就走吧!"

说完,土屋医生又小声说:

"现在,伤者太太和母亲在病房……"

尾津和村上点点头,跟在后面。

病房是值班室对面的202号。这里原本应该是为急诊病人设置的单间,病床可通过齿轮自由调节倾斜角度。出事的伤者仰面而卧,上半身被稍稍支起,嘴角固定着带有气管内插管的软管。外

---

①坪:日本面积单位,1 坪 ≈ 3.3 平方米。

露的右臂与左臂上扎着点滴针头,大概是为防止流血,耳中塞着纱布。

听说伤者三十五岁,但从他闭着眼睛插着管子的表情来看,像是已过了四十岁。

"要在这里跟请来支援的医生们商量点事,请二位到走廊上回避一下好吗?"

土屋医生对站在床边的两位女性说。

伤者太太身材娇小,三十岁上下。白罩衫配条深蓝色裙子,瘦瘦的脸上一双红肿的眼睛大得不成比例。母亲则看似已六十开外,可能因事出突然急匆匆赶来,衣带歪斜,胸前衣襟不整。

尾津等两人的身影消失在门外后,来到伤者床边。

"直到刚才,血压还是七十左右,好像稍回升了一点。"

土屋医生递过来病床旁床头柜上的体温记录表。表格里记着每隔十五分钟测量的血压、脉搏及呼吸次数,所有数据都显示出脑损伤患者特有的剧烈起伏,描绘出的波形也极不稳定。

"脑部浮肿恶化已相当严重,所以正打点滴注射甘油和波尼松龙……"

土屋医生抬头看看两个点滴架,将手贴到伤者颈部处。

"到底烧起来了。"

温度板上记录的体温数据的确呈现出一次比一次高的上升曲线。

"发烧是最不愿见到的吧。"

土屋医生是脑外伤方面的专家,不过尾津他们也清楚,体温升高情况就危险了。

"早晨打电话时,以为这种状态会持续两三个小时。"

尾津瞄一眼手表,八点四十。早晨接电话后已过去了两个半小时。

"有什么需要检测的项目?"

"可能的话,想取点这位伤者的血样。"

尾津解释说有必要先将其血样带回大学测试组织相容性。

"大约需要多少?"

"有 10cc 就足够。"

从濒死的病人身上抽血可不好,不过 10cc 的量不成问题。

等土屋医生一点头,尾津用预先准备好的注射器从伤者胳膊上抽了血。

失去意识的伤者当然没有任何反应。尾津将采到的血样移入到加了血液阻凝剂的运输专用试管内。

"非常感谢。"

尾津道过谢把试管交给村上。土屋医生问:

"这就要带回大学?"

"让他回去,我还留在这里。"

"如果可以,让我们医院的人带去吧。"

"您这里有人要去东京?"

"检验室技师正好去大学有事,让他带去!"

可能因为土屋医生是城西医大出身吧，检验室技师跟大学方面也有交流。

"那几点能出发？"

"说是九点前出门，应该马上就走。"

有这么一趟车真是再合适不过，考虑到将要进行的肾摘取手术，还是让村上留下来的好。

"那能请他交给泌尿科医务室吗？我马上打电话让那边接应。"

"还有别的事吗？"

"只要送到就行。"

"那请在医务室稍等。"

尾津他们按土屋医生的要求出了病房，呆立在门口的伤者太太和母亲用求助的眼神看着他俩。

面对这眼神，尾津只是以目致意，经过她们身边向医务室走去。

按门口的介绍，医院里有四位医生，但现在院内似乎只有外科的土屋医生一人。

他在昨夜事故发生后一直待在医院里。其他医生应该快到上班时间了。

"这样太好啦！"

坐进医务室的沙发上，村上点上一支烟说。

"我要是先回去，前辈就没车用了。"

"车嘛,总能想办法解决。"

如果村上回去后才取肾,尾津就得考虑马上叫出租车或看情况托警车护送。

"都来这儿了,我也想一起留下来。"

村上说完四下打量起来。

"我们一直待在这里合适?"

"没关系吧。"

反正又没别处可去,而且万一伤者病情骤变,还得赶紧跑回来。

"不过他到底还能坚持多久啊?"

尾津盯着天花板没吭声。现在推测伤者的死亡时间也没什么意义。伤者的生死属伤者与土屋医生之间的问题,跟自己这边无关。我们只考虑在伤者死亡的那一刻迅速取出肾来安全带回去就好。

"看来还能坚持一阵子。"

"……"

"我有点饿了。"

给村上一提醒,尾津也确实感到腹中饥饿难耐。今早六点被吵醒,又跑到箱根,这期间下肚的只有在加油站买的速溶咖啡。

"不能叫个外卖什么的?"

"这么早不可能吧!"

"去酒店就能吃上东西了吧。"

村上的要求太过分,撇下垂危伤者去箱根酒店吃饭,这也太不负责任了。

"应该在哪儿有卖饭团或便当的吧。"

尾津正说着,土屋医生走了进来。

"刚才采的血样已经出发了,十点半左右就能到。"

这下总算放了心,尾津再次道谢。土屋医生看看桌上。

"啊,马上让人送茶来。另外,还没吃早饭吧?"

"没有卖便当什么的地方?有的话,想在这里解决。"

"在这里吃当然没问题啦,医院的饭可以吃的话,立马就上!倒也不是多好吃的东西。"

"什么都行,今天实在太早。"

"这就去跟厨房说。别的呢?"

"对了,我们就这么一直待在这里合适?"

"当然。早晨和午休时别的医生说不定会来,其余时间都没人,请自便。要是有事联系大学,用那部电话就好。"

"太谢谢了。另外,取肾用的器械带来了,能给消毒处理?"

"知道了,这就让护士来拿。还有别的事?"

"您从昨晚一直忙到现在,累了吧?"

"没什么,习惯啦。"

土屋医生和气地笑笑出了医务室。

尾津把烟头摁灭走到电话前。先接通大学,再转到泌尿科的教授室,教授接的电话。

才刚到九点,看来教授也放心不下,早早地来医院了。

"现在在箱根医院。"

"辛苦啦,情况怎样?"

"看样还能坚持两三个小时。"

尾津汇报了刚才在病房见到的伤者的状况。

"家属对捐肾没什么异议吧?"

"这件事拜托土屋医生出面协调,应该没问题。"

"那就是中午前后喽?"

"可能坚持不到那时候,伤者死亡时会再向您报告。"

"就这么办!这边根据你那里的情况做准备。"

"血样先采好了,刚刚离开医院。"

尾津把箱根医院检验室技师去大学有事并托他带去的情况做了汇报。

教授点点头,稍稍压低声音问:

"如果可能,肾最好趁新鲜取出,心跳停止前摘取有难度?"

"这个还……"

"方便的话,拜托一下土屋先生!"

"遵命。"

放下话筒,像是一直等在旁边的村上问:

"怎么说的?"

"教授问'心跳停止前摘取有难度'?"

"果然如此!"

尾津来到窗边,村上也过来并肩而立。

"从这里看得见富士山哎!"

窗下是种有草坪的院子,富士山八合目①往上的部分从院子前面的杉树林间浮现出来。

"芦之湖也尽收眼底!"

院子左端是个斜坡,从前面的树林间可窥见闪着青蓝色光彩的湖面。

"这样看着富士山,很难想象有人即将死去啊。"

难得村上会说出这么伤感的话,尾津赞同地点点头:

"确实不可思议!"

"教授吩咐的事,要去拜托土屋先生?"

"必须得去啊!"

肾摘除手术越早越好,理想状况是以脑机能停止的脑死亡状态但心脏还在跳动时取出为最佳。使用心跳停止后取出的肾,手术效果会明显下降。

"家属会怎么说呢?"

这时响起敲门声,一位戴着白头巾的女性端来了吃的。

"吃的搁哪儿?"

村上到门口接过饭盘放在桌子中央。

---

①合目:一合目表示从山脚到山顶的登山路程的十分之一,本文的八合目即从山脚向上十分之八的里程。

"这里面沏了茶。"

女厨把茶壶也一起放下后出去了。

"这伙食相当不错啊！"

虽说是医院的饭食,除了米饭和味噌汤,还有干竹荚鱼、鸡蛋、紫菜。鸡蛋有可能是土屋医生好心给额外加上的。

"吃吧！"

村上拿起筷子,又嘟哝了声"不妥啊"。

"还没洗脸刷牙呢！"

"我也一样。"

"用用那个。"

村上先在医务室墙边的水龙头上洗起脸来。

"这下可算清醒了！"

两人并排坐下吃起来,村上笑道:

"感觉像跟前辈一起来郊游呢！"

"俩大男人?"

"说旅行有点夸张,不过,站前早餐店的情调也没有吗?"

的确,两人肩并肩坐着,边赏富士山边吃早饭,说奇妙也真奇妙。

"不会一直等下去,中午也在这里吃吧?"

"谁知道。"

"吃完饭不能出去散散步?"

"说不定偏偏死在散步那会儿！"

"常打个电话应该没问题吧?"

门外传来护士喊什么人的声音。九点一过,医院里忙碌起来。

两人吃完早饭后,医生们陆陆续续地进了医务室。说是陆陆续续,其实也就是院长、小儿科和妇产科的三位医生而已。当然了,尾津都是头一次见,他给每人递上一张名片,解释说是为取肾而来。

"是吗?昨晚出了这么桩事?"

白发斑斑看似年近六十的院长像是到医院后才知道出了交通事故。

"那土屋先生可太辛苦了!"院长一个劲儿地表示同情。

"肾移植手术成功率有这么高?"

妇产科的田所医生不无钦佩地点着头,在内科和妇产科领域还无法进行脏器移植,因此他似乎颇感兴趣。

"卵巢或是子宫也能移植就好啦!"

他边说边悠然地喝起茶来。

"这两种脏器都很难移植吧?子宫是孕育胎儿的器官,卵巢产生卵子。机能都很复杂,而且状态时时刻刻都在变化。跟荷尔蒙相关的脏器移植,当前也就睾丸可行。"

"像心脏这种单纯输入输出血液,只是类似水泵的功能,相对简单吧?"

"说到心脏移植,捐赠者方面是个问题。因为心脏一旦摘除,捐赠者就死掉了嘛。"

"日本也做过一次吧,在札幌,很久以前了。"

"应该是昭和四十三年①的事。"

"那时对脑死亡的判定引起很大争议,焦点在于看似失去意识脑已死亡,但就没有恢复的可能吗?"

"说的是,中午在海里溺水的人的心脏当天夜里凌晨两点就给摘除,这确实也太快了!"

当时脑死亡的概念还没明确,可在还没明确的状况下,仅过半天就给取出心脏实在太早了。尾津想说我们不会那么鲁莽。

"不过,外科医生大多都倾向尽早摘取吧?"

"不一定。"

见尾津否定,田所医生点点头接着说:

"咱都理解这心情,既然手握手术刀当然就希望手术成功嘛!"

"当然,肾移植也一样,越新鲜越好……"

"两位先生也真辛苦,为取肾一大早就从东京赶过来,以前的医生可没这种差事吧?"

"能拿到新鲜的肾也值了。"

"总之,也是'为了医学的进步'嘛!"

说到这里,田所医生可能到了诊察时间,看了一眼手表,道声"失陪"站起身来。

---

①昭和四十三年:1968年。

屋里只剩下他们俩,医务室的钟表指向了九点三十分。

天空依然晴朗,右边杉林上方飘着面包圈状的圆形云朵。跟东京相比,箱根的温度应该低很多,但即便这样,似乎也过了二十度。

医务室一角设有制冷装置,不过眼下只需敞开窗子就感觉神清气爽。伴随着高原的微风,车水马龙的嘈杂声传了进来。

微风中,尾津思索着肾摘除方案。问题在于家属的承诺,他们在伤者存活状态下很难接受摘除这一要求。特别是伤者自己的主治医生还好说,从别的医院跑来,不停地说想快点取出肾来这也太不顾及家属的感受了。

"去看看情况!"

村上站起来走向门那边。像是受了他的影响,尾津也来到走廊上。

医务室在二楼走廊尽头,对面是院长室,旁边连着图书室和值班室。走廊在这里用块白色屏风帘间开,前面是普通病房。

笔直的长走廊中部设有护士站,护士站对面应该就是重症室,一眼望过去却不见人影,偶尔从左右两边的病房里传出电视节目的声音或乐声。光看走廊让人想不到这病房一角有位濒临死亡的危重病人。尾津和村上沿走廊慢慢走向护士站。

"打听打听伤情该不要紧吧……"

村上像在给自己找托词似的说。土屋医生那边什么话也没说,自己就主动去打听,这行为显然太冒失。取肾人只要老老实实地等待时机到来就好。

可是,越让等着越放心不下。走到护士站前,正好碰上刚才检查伤者时在场的护士出来。

"情况怎样?"

尾津向危重病房那边偏偏头问,护士稍顿了一下答道:

"发烧……"

"土屋先生呢?"

"去门诊了。"

"那病房里只有家属?"

"刚才又来了两位亲戚。"

尾津和村上同时望向病房。

"器械刚才消完毒放手术室了。"

"多谢!"

两人道过谢,又转向医务室。

"土屋先生也不休息,又去看门诊病人了。"

"外科医生只有他一个嘛!"

"不出去走走?"

也是,光这样等在医务室实在提不起精神。

"我留下,你自己去吧。"

"那就算了。"

"没关系嘛,看情形,他说不定还能坚持一阵子。"

两人聊着,不约而同地下楼梯来到一楼,候诊室里约有二十位患者在候诊。

"到医院门前走走不要紧吧?"

"稍等,我去见见土屋先生。"

尾津说着走到门诊挂号处,告知窗口女子自己想见土屋医生。

女子马上返回并示意"里面请"。应声入内,土屋医生还是刚才那身打扮,正在病历上写着什么。

等患者离开只剩土屋医生一人时,尾津开门见山道:

"实不相瞒,跟教授通过话,教授问可能的话,能不能以现在的状态摘除?"

土屋医生瞅着半空思索片刻,然后静静地点点头:

"理解您的心情,但是还没得到家属明确的首肯。"

"……"

"而且本来说好的是心跳停止后再摘除,请再给我点时间。"

"好的好的。"

尾津回到候诊室,村上正站在那儿看电视。

"怎样?"

"土屋先生好像一开始就没打算在还有心跳的状态下摘除。"

"果然如此……"

村上点点头,看看入口那边。

"出去稍转转?"

尾津本来还有点犹豫,看到玻璃门外明亮的阳光后也动了心,很想一起出去。

"真痛快!"

走出医院,村上伸了个长长的懒腰。风儿固然清爽,太阳也已开始闪耀。

"开车?"

"不了,走走。"

医院的位置有点靠里,而主道宽得都能通大巴,刚好接连有三辆载满游客的大巴伴随着巨大的排气轰鸣声离开。又走了五十来米,右手边有家咖啡馆,前面则并排着荞麦面馆和餐厅。时间还早,三家店都挂着"准备中"的牌子。

"中午来这儿喝杯咖啡吧?"

稍做打算后,两人溜达到能俯视湖面的山丘上,三十分钟后返回了医院。

候诊室仍有二十来位患者在候诊。不清楚他们哪儿不舒服,从外表上打眼一看,感觉这些人像是为排解寂寞而来的。

经门诊诊察室门前回到医务室时已是十点二十分。在走廊上偷眼看看病房,没什么变化。

"再多待点时间就好了。"

"这就不错。"

尾津拆开在外面买的烟,村上则将视线转向医务室的电视屏幕。

"真受不了!大清早的,这种无聊的东西就播个没头啊!"

电视上正播放着一个苦苦寻找人间蒸发的妻子的男人哀求前者回家的画面。

"你不爱孩子？"丈夫挥舞着拳头诉说之时，医务室的电话响起来。

从站在近旁接起电话的村上回答的内容听得出，是大学打来的。

"这还不太清楚。"

村上这样说道，又讲了一会儿后，村上放下话筒向尾津汇报。

"说是血样刚才安全送到了，他们说这就赶紧开始判定组织相容性，由此确定接受手术的病人。"

"他们只是等着就好了，相对轻松。"

"还说，摘取时尽量不要损伤脏器。"

尾津苦笑一声。这些话不言自明，可毕竟那是别人的脏器，不可能像大学考虑的那么简单。尾津从书架上抽出一本医学杂志看起来，村上接着看电视。

又过了约莫三十分钟，敲门声响起，土屋医生走进来。头发还是乱蓬蓬的，一只卷起的白大褂衣袖已经掉了下来。

"不瞒二位，有点麻烦……"

土屋医生轻轻往上掠掠头发接着说道：

"伤者家属又反对捐肾了。"

"什么……"

村上站起来关掉电视。

"其实伤者母亲出现后，形势就变了，此前刚到的亲戚也说坚决反对。"

"可反正没救了不是?"

"这也解释过了。他们说不能接受划伤遗体摘除肾这种野蛮行径。"

"伤者太太什么意见?"

"起初只有太太自己的时候倒是同意了……"

"那不就没问题嘛!"

"不过,可能的话,应该让所有的遗属都同意后再摘取为好。"

"后来又来的亲戚是什么人?"

"像是伤者的哥哥和叔叔,这两人也说没必要把肾捐给素不相干的人。"

"可这肾能救两条人命啊,当然不只是半开玩笑地划开摘除就算完的。"

"这也说了,乡下人嘛……"

尾津摁灭烟灰积了老长的烟头,心里急躁起来,却也不能冲进病房干什么。

"能不能想办法再求求那位母亲……"

"当然当然,但伤者跟他太太的关系似乎不太好,这方面的问题好像也牵扯进来了。"

"不管怎么说,我们等您消息。"

就当前的尾津而言,只能期待土屋医生的说服工作取得成效了。

人潮车流的嘈杂声从敞开的窗户涌进屋内,清晨时分寂静无声的湖畔也像是渐渐热闹了起来。

"烦死人啦!"

村上咂咂嘴又打开电视。

"这样下去要是拿不到怎么办?"

尾津点了支烟没吭声。尾津烟瘾并不大,但从早晨开始已抽完十多支了。

"特意赶到这儿,落个白跑一趟的话,真不甘心啊!"

此前类似情况已有过多次。听说地方上有濒死的危重病人就跑了过去,结果因家属反对只得空手而归。就在最近,也有个跑去宇都宫①的失败例子。

"这种事拖得越久难度越大。"

村上说的没错,取肾失败的案例多数是患者比预想时间坚持得要久。尽管被认定已经不行了,却硬挺了五六个小时不断气,家人心里由此萌生了"说不定能活过来"的希望。即便最后仍是死去,但那时已经没了捐肾的心思。

"只有伤者太太在的那会儿,说的是人没了的话就没问题吧?"

"是这个意思……"

事到如今,翻来覆去地唠叨以前怎么说的已无济于事。尽管如此,若是加把劲就能如愿的话倒也值得一试,只是这么干等着实在

---

①宇都宫:在东京以北约 105 公里的关东地区北部城市。

太难熬。

"就这么回去也太说不过去了。"

"学学小野寺,去摘点山菜什么的?"

同一医务室的小野寺医生以为能拿到肾就跑去了宇都宫那边,结果肾没摘到,倒是摘回了蜂斗菜和紫萁。

"难得来趟箱根,去泡泡温泉舒舒服服地歇会儿,还是骑摩托艇兜兜风?"

村上话里话外有点破罐破摔的味道。

尾津觉出尿意站起身来。

厕所应该在二楼楼梯前面。尾津来到走廊上,走进跟前的男厕解开裤扣。老习惯了,排尿的瞬间,尾津小声念叨:

"谢天谢地!今天也能痛痛快快地撒出尿来!"

并非在对什么人说话。硬要讲出个名堂的话,应该算是对守护自己健康的神明说的吧!

从头到脚,哪一处有毛病,人都将无法健康存活。只要一个极微小的器官出故障,整体平衡都将被破坏。有本书上写过这么一段话,"所谓健康,就是感知不到身体任何部位的存在",总结得很精妙。整个身体由各种脏器构成,但健康的时候,没人记得它们的存在。

所幸,尾津当前还用不着担心自己的任何脏器。

因为工作关系,尾津不时在脑中闪现出与肾相关的器官。尤其在小便时,"噢,肾现在还管用,顺顺当当地尿出来啦!"总要品味一下这份幸运。

泌尿科的医生嘛，说当然也算当然，尾津身边有数不清的患者在遭受着排不出尿的痛苦。有人患膀胱炎，能排尿却断断续续，那种不快每次都挥之不去；还有人患尿道结石，伴随着巨痛的是尿中带血，不一而足。

然而最严重的就是肾功能衰竭。得了这种病，尿排不出，体内毒素积存，饮水吃盐都受限制，区区那点尿量也是喜忧参半。

病人们最大的愿望就是能尽情喝水足量排尿，能把喝下的水摄入的水分随心所欲地排出体外，该有多么舒畅啊！

普通人看来极为平凡的事，对这些患者而言却是一种奢望。

尾津见过几位这样的患者后，便开始感谢神明能让自己顺利排尿了。

午后

早上引诱清爽的晨风进入室内的窗户已关闭,房间里只有冷气沉闷的声音嗡嗡作响。窗外,一望无际的蓝天下,雪白的云团从右边杉树林前无遮无拦地翻涌而来。

如果能直接触摸到室外空气的话,气温应该快到三十度了,而冷气开放的医务室里,温度计显示为二十四度。

"呜呜,啊……"

村上突然扔下刚看过的杂志,使劲伸了个懒腰。

"已经到中午了……"

像是受了他的影响,尾津也从报纸上抬起眼,看了看挂在医务室墙上的钟表。印有制药公司名称的硕大表盘上,时间是十二点十分。

"来这里快四个小时了。"

两人都再也无话可说,这时,妇产科田所医生推门进来。

"咦,还在?"

尾津点点头苦笑连连。"还在?"这问法还真奇妙,不过似乎也没有其他更合适的问法。

"很不容易啊!"

田所医生像是结束了上午的诊疗回来吃午饭了,他右手拎着一个貌似便当的白包。

"您二位午饭怎么办?"

"哦,还不怎么饿。"

"要是不介意医院的伙食,可以叫来吃。让人送来?"

田所医生好像不好意思光自己一个人吃。

"早晨吃过一次了,您请慢用。"

"话说回来,情况怎样?"

"危重还是危重,但家属似乎对捐肾意见不统一。"

"这可难办了。"

田所医生用桌上的壶给自己沏茶时,小儿科的西川医生也回到医务室。

"我们先出去一会儿。"

再这么在旁边瞅着医生们吃饭实在不成体统,尾津和村上点点头出了医务室。

可能因为到了午饭时间,走廊上门诊里都很清静。

不知土屋医生去了哪里。尾津跟正在挂号处整理病历的女子打了个招呼,说去外面一趟,便走出正门玄关。

"去哪儿?"

"快到荞麦面馆的地方有个咖啡厅不是?"

早晨出来时因时间太早咖啡厅关着门,现在已正常营业。本以为午饭时间人会很多,其实店里只有五六个人。因为这里远离人多热闹的湖畔,看样子来的全是当地人。尾津和村上选了个靠里的包厢面对面坐下。

"我要烤面包和咖啡。"

"我也是。"

对女店员点好餐后,村上站起来。

"我去跟挂号处那人说声咱们在这里。"

尾津点点头又点上一支烟。今早开始抽的"七星①",已经只剩三分之一了。

"唉!真服了他!"

村上回到座位上叹了口气。

"这样下去,弄不好得拖到晚上。"

"别太着急!"

"不是已经没救了嘛!"

这一点谁都心知肚明,伤者现在还活着肯定是倚仗着他的年轻和他那让人意想不到的强有力的心脏。

"日本人多愁善感的秉性真让人头疼!"

---

① 七星:指日本国际烟草株式会社的七星牌香烟。

女店员端来烤面包和咖啡,村上加进牛奶后边搅拌边说:

"今天的第一杯咖啡。"

"你一天喝几杯?"

"五杯。"

又进来一位客人,还是当地人模样。

"日本人'身体发肤受之父母'的观念还很深啊!可能担心身上弄上伤疤不能成佛吧!"

"儒教和佛教国家嘛!"

"日本人古来就这样,大都活着时瞎糊弄,死了反倒金贵得要命。"

"死后成佛嘛!"

"这种观念只要一天不变,脑死亡状态取肾就不容易办到。"

尾津苦笑一声,村上问:

"笑什么?"

"笑你小子的脑筋突然转弯了啊!"

"我没转什么弯。"

"刚才你不是还说不愿意在捐肾人卡上登记?"

"两码事。"

"别,说不定是一码事哎!"

尾津在烤得有点糊的面包上涂上黄油。

"算了,无所谓,想办法解决吧!"

不只是村上,这也是尾津真实的想法。

吃完饭回到医院,医务室里已空无一人。从并没打电话到咖啡厅叫他们这一点看,伤者的情况想必还没什么改观。

"早知这样,去兜风就好了。"

村上又打开电视。画面上播放的是最近走红的年轻主持人跟阿姨们聊身世的节目。

两人正看电视,门一开护士探头进来。

"土屋医生请您来值班室。"

"情况怎样?"

"现在伤者家属都在值班室。"

"我们出面不要紧?"

土屋医生的想法是让肾移植手术小组的医生直接跟供肾者家属见面。但是医生们为肾而来的态度稍微溢于言表,就会伤害医生在伤者家人心中的形象。

但既然主治医生说来吧,又不得不去。两人重新整整白大褂前襟来到走廊上。

病房值班室里侧用一块白布帘间开,沙发和椅子面对面摆放着,中间夹着一张小桌。

值夜班时,护士们会来这里,在沙发上躺躺或吃点夜宵。因为从走廊上不能直接给看到,可谓值班室的隐秘之地。沙发上坐着在病房见过面的伤者母亲及两个男子。

尾津和村上一进来,土屋医生就向家属介绍说,"这是城西医科大学来的医生。"

从说得如此直截了当来看,尾津他们为取肾而来一事显然已告知伤者家人了。

土屋医生接着又从右边起逐一介绍了伤者的母亲、哥哥及叔父,尾津和村上向家属们微微点头致意后,隔着桌子面对面坐下来。

"刚才跟各位说的也不少了……"

土屋医生看着尾津他们这边说:

"有关肾移植,还是请专科医生直接讲讲的好……,当前这类手术全国都在做吧?"

冷不丁给这样一问,尾津略微顿了顿答道:

"像大学医院这种规模的大医院,基本上都在做。"

"东京那边,特别是您所在的医院,做的很多吗?"

"现在应该是最多的时候。"

两位男性中,哥哥四十五岁上下,穿西装打领带,看来是位上班族。另外一位,患者的叔父,大概有六十五岁,穿着白衬衣。由于晒得黝黑,就年龄来看,像是一直在从事农业方面的工作。

伤者太太不在,可能因为她一开始就同意移植,这次就没请她过来。

土屋医生又问:

"做过这手术,之前那些因为肾不好快要死了的患者或是用着人工肾在遭罪的患者就能得救了吧？"

"的确，这类病人的肾几乎都不起作用，有也跟没有一样。移植成功的话，就相当于捡回了一条命。"

"手术不会失败？"

"这一点没问题。"

尾津应答着土屋医生的问话，心里纳起闷来。这种场合不断强调手术的安全性及在大范围开展好吗？说得太多或说不到位，家属的情绪受到刺激可就坏事了。

看来土屋医生请尾津直接做说明是为了让家属了解手术的意义。

"这几位家属担心的是做了移植手术是不是也不会起作用。"

"那倒不必，接受移植手术而获救的大有人在。这些病人从心里感激捐肾者，并把他们当作一辈子的救命恩人。"

土屋医生看看家属们，像在说"怎样"？

"而且就算取出肾来也只留下很小的刀口，外观上丝毫不受影响。"

"这一点绝对不成问题！只在侧腹上有个小刀口，当然术后会缝合整齐。"

"老夫人有顾虑，说把肾让给别人，会不会遭什么报应啊。"

"绝不会有！这可是救人啊！欧美那边这类手术更普遍。好像也有人觉得自己亲人的肾给人夺走了不好。其实不然，把肾移植给别人，逝者的意志反倒在世间活了下来，就这点来说，家人应该高兴才对啊！"

尾津解释道，三位家人微微垂着眼一言不发。相互间虽说搞懂了肾移植的意义，但要表示同意似乎还差了点儿。

尾津又说：

"总之，捐出肾能救两条命，这实在了不起！如果能得到捐赠，我们决不会辜负您的一番好意！"

说到这里，尾津闭上了嘴巴。对家属劝说太过，说得好像供肾者已经死去了的话就麻烦了。

"当然我们会尽最大努力抢救伤者，请相信医院。"

土屋医生鞠了一躬，尾津和村上也跟着低下头。

面对三位医生，伤者母亲像要把瘦小的身体弯折起来似的低着头；哥哥则双臂抱在胸前盯着半空；叔父仍怒气未消般噘着嘴不置可否。

"恳请您救救那些遭受病痛折磨的人……"

再次行礼时，伤者母亲抬起头来。

"我说……，那个，知道那个要我儿子肾的人叫什么名字吗？"

"原则上不能告诉您，可能是个年轻人。他父母也都是很体面的人，估计他们会要求答谢您的。"

"我们并不是为了索取谢礼的。"

面对伤者哥哥的反驳，尾津连忙摇头。

"这一点我们十分理解。只不过既然得到您的捐赠，决不会移植给那些靠不住的人……"

尾津说着说着渐渐搞不清自己为何要如此这般低三下四地苦苦央求了。虽说是为了救治危重肾病患者,可现在这样,难道不像是在做什么见不得人的勾当?

转念间,医院里那些给人工透析折磨得脸色灰黑的病号的面容浮上脑海。为了他们,一定得在这里再努力一把!

"能得到您的捐赠,患者会从心里感激您的。"

"我弟弟还没咽气啊!还活着呐!"

伤者哥哥刀子般的目光又瞪了尾津一眼。

"当然,目前抢救令弟是最首要的任务,这我们也非常清楚。"

"可你们几个不是在等着我弟弟快点断气?"

"没那个意思!绝对没有!"

尾津坚决否定,土屋医生赶紧说和道:

"可能表达上不够准确,我们都在尽最大努力抢救,无论什么样的医生都不会盼着患者快点断气的。"

从昨晚开始就一直守护着伤者,连眼都没合一下,就凭这点,家人们也无法反驳土屋医生的话。霎时间,怒形于色的伤者哥哥又抱起胳膊盯着半空。

朝阳的值班室更闷热了。在这闷热中,土屋医生又将乱蓬蓬的头发往上掠掠,鞠了一躬。

"就这么个情况,恳请您支持我们。"

三位家人依然各自盯着不同的方向,一声不吭。

不过能看得出来,三人心里都有答应下来的意思,只是可能还没完全顺过劲来。

"要是在这里不方便回答,请回病房再一起商量商量好吗?"

听到土屋医生的这句话,三人慢吞吞地站起来。

目送伤者家属消失在走廊上,尾津和村上同时长叹一声。

"特地叫您过来,真不好意思。"

见土屋医生躬身道歉,尾津急忙抬手制止。

"先生哪里话!"

苦等之余,本来还怀疑土屋医生的说服力是不是不够到位,这下可明白事情为什么迟迟没有进展了。

"开始,伤者太太表示理解,所以以为挺简单。"

土屋医生像在辩解。

"是啊,伤者太太的想法应该是最重要的嘛!"

"我也这么想,不过那两口子关系好像不太融洽。"

说到这里,土屋医生回身叫来护士长。

"你给简单讲讲那位太太的情况。"

四十五六岁、偏胖的护士长站在三人面前答道:

"不太了解详情,这位太太本以为昨晚她老公会住在箱根,不回去。"

"她老公是中学老师?"

"放暑假嘛,以为他跟朋友们来箱根放松旅行,要住上一宿。所以听说深夜在回东京的路上出了车祸,像是吃惊不小。"

"那他打算去哪儿呢？"

"不清楚，好像还跟别的女人有来往。"

"所以，他太太……"

尾津刚说了开头，土屋医生就接过话来答道：

"不好说这是不是原因。但有了那种事，太太跟伤者的关系自然会冷淡。"

尾津脑海中浮现出身材娇小眉目周正的伤者的太太的面容。有这么漂亮明事理的太太，那男的干吗还勾搭别的女人？而且是酒后深夜一人溜出去开车，是因为有更漂亮的女人，还是因为妻子太冷淡？

"不过，伤者的亲戚跟他太太关系也不好吧？"

"夫妻关系不融洽，亲戚不也就自然而然地对他太太敬而远之了么。就算同在病房，太太也是一个人在墙角待着，跟哥哥和母亲基本上不说话。"

一个行将死去的男人深陷爱恨交织的旋涡中，甚至影响到了肾的摘除。

"有这么多是非，时间也拖得久，请务必谅解。"

"真是给您添麻烦了！"

如果土屋医生不通知大学说有肾可供，肯定比现在要轻松得多。

尾津再次道谢后出了值班室。

回到医务室时已接近一点。给大学打去电话，来接听的是相泽讲师。

"怎样？拿到肾了？"

"没有，家属方面还没松口。"

"使劲求求他们！这边已是随时都可以手术的状态了。"

再怎么说，这边也不可能擅自给人摘除啊。

"组织相容性测试做完了？"

"刚做完不多会儿。初步来看，岩崎正纪和川濑明美应该能行。"

将检测捐肾者血液得出的数据输入计算机，与希望做肾移植病人的信息进行比对，相容性最佳的对象即被遴选出来。

"那已经联系岩崎君了？"

"他正在住院不成问题，川濑明美还没联系上。"

大学做了一份希望接受肾移植手术的患者名单，一旦发现相容性好的肾，就会通知到人，安排他们住院。

"像是住千叶①，但电话打去家里，没人接。"

"那当前只有岩崎君能做手术喽？"

"预定肾送到后，傍晚前后开始给他做手术，所以拿到肾后请再来个电话。"

"好的。"

尾津答应一声挂掉电话，心情立刻沉重起来。

经过漫长的等待后，接受移植的患者本人自不必说，他的家人肯定也高兴得不得了。这次预定的岩崎正纪曾坦言，接受移植后

---

①千叶：千叶县，位于日本关东平原东南部，首都圈东侧。

想上大学。

可是这边拿不到肾的话,他那期待也只能是空欢喜一场。

"出什么事了?"

看来自己突然沉默下来,让村上觉得很不对劲。

"好像还没联系上川濑君,今天肾一到,就给岩崎君做手术。"

"不错不错!他年轻,铁定成功!"

"嗯,只要肾状态良好。"

决定移植成败最首要的因素就是摘取出来的肾的鲜度。

"赶紧让咱摘除就好啦!"

村上烦躁地瞅瞅自己的手表又望望医务室的钟表。

医务室墙上的钟表指在一点上。尾津看看表,又把目光移向窗外,村上则接着看电视。

下午一点,城西医科大学泌尿科301室患者岩崎正纪的母亲被护士叫了出来,这位母亲一直在医院陪床。

"能请您来值班室一趟?"

刚拿起儿子要洗的衣物准备去洗衣房的文子放下手中的纸袋问:

"什么事呀?"

"水野先生有请。"

文子点点头,在镜前简单整理了一下鬓发,然后对躺在床上看电视的儿子说:

"妈妈马上回来,把电视机音量再调低点。"

儿子正纪今年十九岁,十岁时患上肾萎缩以来,肾功能越来越差,中学好歹毕了业,升高中后多数时间都在请假,才上高二。

正纪白白净净,身高虽近一米七,但可能因为长期处于疗养中吧,身量看起来还像个孩子。

"今天又挺热啊!"

文子跟邻床的肾结石患者打了声招呼走出病房。

已经过了七月中旬,搁在往年,岩崎一家人现在应该在山中湖①的别墅度假。但今年正纪住院,避暑就别想了。文子一直在医院陪床,丈夫和女儿待在世田谷②的家里,雇了个保姆帮忙。

"哥哥生病,我一个人好无聊啊!"

女儿朋子一发牢骚,文子就训她。

"在你哥跟前不许唠叨这种话!"

确实拜正纪生病所赐全家都不能去避暑了,当然正纪自己也不喜欢生病。其实去不成山中湖,最不痛快的恰恰是正纪本人。正因为比谁都清楚他的心思,文子才更觉得儿子可怜。

下午的值班室里,护士们忙得不可开交。文子在门口问刚才叫自己的护士。

"水野先生在?"

---

①山中湖:富士山山梨县一侧的淡水湖,富士箱根伊豆国立公园的一部分。
②世田谷:东京都23区之一,位于东京都西南部,是东京的富人区。

"在里边。"

进到里边,水野医生正在靠墙的桌边翻阅病历。

文子躬身一礼,随即被让到对面沙发那边。

水野医生三十三岁,有点胖,比实际年龄略微显老。没有堂堂相貌加之话又不多,看上去很难接近,其实他非常和蔼可亲。质朴的文子对沉稳安静的水野医生很有好感。

"不瞒您说,今天早上箱根那边像是有位伤者能提供肾源……"

文子像被惊了一下似的盯着水野医生。她本来跟水野并肩坐在同一张沙发上,现在几乎成了面对后者侧坐的姿态。

"听说出了交通事故,伤情严重,对方血型跟岩崎君相同,组织相容性也匹配……"

这次正纪从一开始就是为肾移植而来住院的。

上月中旬,听说本院脑外科有位捐肾人,便匆忙住进医院,但在最后关头因家属反对捐肾而空欢喜一场。之后稍有点感冒就没马上出院,本想住到身体恢复,不曾想又等来了机会。

"这次能行?"

"先别担心嘛!现在尾津医生他们已经去取了。"

"太谢谢您了。"

文子不禁用双手抵住了沙发。此前,能否获得肾源靠的是缘分,有时候意想不到的机会会送上门来。于是她一直告诫自己,机会到来前,一定要耐心等待。

可寄希望移植后已过去两年,等得她精疲力竭耐心尽失。真等腻了,可能的话,就把自己的肾给儿子。正在考虑这一方案时,新机会不期而至。

"那什么时候做手术?"

"还没定下,顺利的话应该是今天傍晚。"

"您能确定吧?"

"得到确切消息后会再通知您,请初步做好傍晚手术的打算。"

此前岩崎正纪一直依赖人工肾。但是人工肾时间限制很严格,对血管的保护难度也大大增加。光想想终其一生都不得不活在人工肾的助力之下这一点,就令人心生绝望。

但若手术成功,儿子将从人工肾的束缚中解放出来,说不定由此终于可以作为一个完整人回归社会了。

"那就拜托您了。"

文子再次深鞠一躬。

病房是双人间,正纪躺在靠里的床上,还在看NHK①的电视教育频道。这是个以高中生为对象的历史教学节目,他正在追补因出勤天数不足而落下的课程。

"小正……"

文子一进门就忙不迭地叫起来。

---

① NHK:日本放送协会,是日本第一家根据《放送法》而成立的大众传播机构,1950年6月1日成立。

"有肾啦！能做手术啦……"

正看电视的正纪慢慢回过头。

"听说现在啊,尾津先生和村上先生到箱根的医院给咱取肾去了。今天傍晚送回来就能做手术了。"

文子紧紧攥住儿子的手。

"真是太好啦！"

据说光这所大学里就有三十多名患者正在眼巴巴地盼着肾移植,其中因迟迟等不到机会而焦躁过度并企图自杀的也大有人在。

"说预定傍晚手术,你也要照这时间做好准备。"

消息来得太突然,正纪似乎还半信半疑。

"妈,是真的?"

"当然是啦！医生怎么会说谎?！对了对了,得去给你爸打个电话！回来就给你擦身子。"

文子的丈夫名叫经太郎,是K商事的一位部长,公司在大手町。他今年五十二岁,体格健壮,还从来没得过需要住院的病。在公司主要负责木材相关的业务,去过加拿大和阿拉斯加好几次。

"正纪的肾源有啦……"

文子在值班室旁边的公用电话上喊。"什么?"她老公反问了一句,随后冷静地说道：

"不会又在最后关头给人回绝吧！"

"不会！现在尾津先生他们正在箱根那边的医院给咱取肾！说手术最快在傍晚或晚上就能做……,老公,今晚忙吗?"

身为一流商社的部长,经太郎也就周末能在家吃顿饭,其他时间几乎都在外面吃。

"这可是个大手术,一定早点回来!"

很想依妻子一次,但事出突然,时间很难调整。

"六点跟客户聚餐,我尽量早回来。"

"不方便推掉?"

"不好办,我打算打算。不管怎样,手术时间定下来后赶紧通知我!"

说到这,经太郎压低声音。

"不给供肾人家属点谢礼能行?"

文子也惦记着这事。

"听说协会还是哪儿会出奠仪,好像不用直接送谢礼,不过我还是找大夫商量商量?"

"问出住处的话,以后再去答谢也行。"

"知道了。那你尽量早点回来。"

文子挂断电话回到病房,见正纪用被子将脑袋捂得严严实实。

"小正怎么啦?"

听文子叫自己,正纪慢吞吞地露出苍白的脸。

"爸爸说什么?"

"当然高兴啦!他说今天工作再忙也会尽早来医院。"

"给我肾的是个什么样的人?"

说起来,有关供肾者,文子什么也没问。知道有肾可用后激动得没闲心思打听这些了。

"是男的吧……"

"应该是吧,听说出了交通事故。"

"那人还活着?"

文子点点头,想起水野医生的话,"顺利的话,傍晚……"所谓顺利,就是供肾者将按预定时间死亡。

"你什么也不用多想!大夫都给咱安排妥了,都交给他们,你只要安心休息就好。"

"……"

"现在妈妈给你擦擦身子,擦完再稍休息会儿!"

"我不会死吧?"

"怎么会?!以前做移植的人,不都活得好好的?!打上麻药睡一觉的工夫就完事啦!"

"那人真的会死吗?"

正纪像是很害怕地闭上眼睛。

定下傍晚做手术后,病房里骤然忙碌起来。

首先,值班护士来取了正纪的血样和尿样。血尿常规检查已不知做了多少次,但大手术在即,有必要再次检验。其后就是量血压、做心电图。

肾移植手术大约需要三个小时。就手术时间来讲并不是特别长,不过这毕竟是将他人的脏器植入体内的特殊手术,所以术前检查必须慎之又慎。

主治医生水野跟麻醉师一起来到病房,对全身状态又做了一次诊察。

"可能要等到六点左右,没问题吧?"

诊察完,水野医生问。正纪使劲点点头。

可医生们一走,正纪在床上一会儿翻来覆去,一会儿又钻到被子下,坐卧不安心神不宁。

"稍歇会儿吧!"

文子劝道。不过正纪心里不踏实也并非没有道理。

手术真能顺利进行?要是费时费力植入的肾不起作用该怎么办?另一方面,就算手术成功,自己的肚子里装进别人的肾,会是一种怎样的感受?死人的祟念、怨恨会不会附上身来?正纪越琢磨越睡不着。

文子不忍心看儿子这样,但也不想再唠叨太多。傍晚的手术就在眼前,硬逼他睡可能太强人所难。

何况文子还有不少事得安排。首先应该为正纪准备新睡衣和内衣。做手术会出血,内衣也更容易给汗水濡透。纸巾、毛巾、纱布等等这些都必须准备充足。

再就是手术后更不方便外出了,有必要趁现在提出些钱来。眼下手边没有二十来万[①],心里就不踏实。

[①]二十来万:指日元。

另外有必要通知一下亲戚和身边的人。特别是奶奶最疼正纪,她可能会提出手术前见正纪一面。医生倒是说了做手术不会死人,可总有个万一嘛。

尽管不愿做这种设想,但要是真在手术中意外死亡,现在可是最后的机会了。文子突然担心起来,泪水旋即夺眶而出。正纪问:

"妈,你怎么啦?"

以为一直闭着眼的正纪正盯着自己。

"没,没什么……"

文子慌忙擦擦给泪水泅湿的眼眶,打起精神说:

"妈妈要去给奶奶打个电话!还有,你有什么想吃的?"

此前,正纪净吃些又难吃又没滋味的肾病患者病号餐。至少手术前想让他痛痛快快地吃顿带盐味的东西。

"妈,那可不行!"

正纪态度坚决地摇摇头。

"那么一来,手术后可麻烦了!"

"反正要做手术,少吃点应该没什么吧?"

"大夫不是说了嘛,移植后直到肾起作用,要等两三个星期。现在贪嘴,那时候可就有麻烦了。"

文子是心生不忍才说出这话的,看来儿子相当冷静。

"好了,知道了。"

文子点点头,心里痛骂自己的胡思乱想,怎能怕成这样,怎能以为正纪就要死了?!

医院小卖部位于一楼连接候诊室与门诊的走廊的中间。因为这是所大学医院,从杂货店、食品店到花店、水果店,甚至连理发店都有,日常生活必需品一应俱全。文子在杂货店买了睡衣和毛巾,又来到水果店前。

"太太,今天进了上好的夏橘!"

文子几乎每天都来这家店买橘子,早跟店主混熟了。虽说正纪被限制摄入水分,但为补充少量水解渴,带酸味的柑橘最有效。

"那就买两个吧。"

文子拿了两个稍大的夏橘说:

"看样子,今天总算能做手术了。"

"那可太好啦!是在这家医院里住院的什么人的肾?"

水果店老板也知道文子儿子患肾病的情况。

"不是,听说是在箱根出交通事故的人。"

店主重重地点点头,将两个柑橘装进袋子。

"那提前祝贺,这俩免费!而且太太您已经买过不少啦!"

"真不好意思!要是手术成功了,可能就不再来买了。"

"没关系!比起挣钱,治好病才要紧哩!"

"那就不客气了。"

文子走出水果店,这次又盯上了旁边的花店。

手术前在病房里装饰点鲜花怎样?正纪麻醉醒来环顾四周时,漂亮的花束说不定能缓解痛苦。

其实,以前住院后马上就有很多人送来了各种花束,文子曾用它们装饰过一次,但护士对此提出了警告。因为鲜花装饰太多,病房太花哨不利于静养,而且花香和花粉也会刺激患者。

不过,在花瓶里插一束应该不成问题。正犹豫不决时,老板娘走上前。

"您来看病人?"

"噢,去病房……"

文子打住话头,她甚至也有告诉老板娘正纪要做手术的冲动。

可能自己太孩子气了,恨不能现在就跑出去告诉所有人儿子今天要做肾移植手术。

"带花盆的不合适吧?"

带根的植物栽在盆里固然活得长久,但因有"卧床①不起"之意,所以在病房里被敬而远之。

"这种吧!"

文子最后买了束很普通的满天星配康乃馨走出花店。

手捧鲜花走向门诊楼,迎面走来一位同在泌尿科的陪护阿姨。她已年过六旬,因为有个"吉川华子"的摩登名字,被称为"花姐"。

"听说今天做手术?"

看来花姐听护士说了。她握住文子的手说:

"太好啦!山口先生、大场先生都羡慕得不得了!"

---

①卧床:日语中"扎根"与"卧床"发音相同,此处有"谐音"之意。

这两位也都盼着做肾移植手术，正住在医院里等着供肾者的出现。

"后来的倒先做了，真是不好意思。"

"好在这样就用不着切下太太您的肾了，真是太好啦！"

"是运气好……"

文子认真考虑将自己的肾移植给儿子是在一个月前。

住院等了两个月，根本没有出现供肾者的迹象。就这么一直等下去的话，相当于把命交到别人手里，什么时候有救完全是个未知数。而且等着别人没命，自己心里也很不安。

听说以前谈论心脏移植时，常提及美国一些希望进行心脏移植手术的患者每天净在报纸上查找有关交通事故报道的新闻。

没有在某处因交通事故生命垂危的伤者的报道吗？一旦发现这种报道，他们马上联系收容伤者的医院，试图争取能否在伤者临死前得到心脏。那些患者每天要买十多份报纸，寻找行将死去的人像是他们每天的必修课。

肾病患者虽没做得那么露骨，静等陌生人死去的现实却如出一辙。

坦白讲，有个时期，文子和正纪都关注过交通事故报道。尽管相互间没明确说出口，不知觉间就查询起了这类消息。

有次发生飞机坠毁事故，得知一百多人因此丧命时，他们不禁嘟囔了一句"真可惜啊"。不知情的人听了，还以为是惋惜遇难者的性命，实际上是心疼那些人的肾。要是有这些肾，二百多名肾病患者将会获救。不经意间就把自己的病跟所有事故联系到了一起。

有段时间,文子非常厌恶自己的做法。自己这样做简直就像等着他人死去的吸血鬼,文子更想回归普通人的感觉。

将自己的肾移植给儿子的想法就是这么来的。老惦记着别人的肾,会产生一些怪异的念头,有了牺牲自己的精神准备,也就用不着惦记别人了。

深思熟虑之后,文子向医生提出捐肾请求,水野医生问:

"这想法,您丈夫和儿子都同意?"

文子点点头,其实她根本没对丈夫和正纪讲过,这只是她个人的想法。

"这一点没问题?"

"没问题……"

"您也不后悔?"

医生反复提醒文子。后者很干脆地点点头。

可第二天的血检发现文子红细胞数量很少,有贫血症状。

"这种状态捐肾可不行。就算儿子得救,妈妈却又重病缠身的话,那可就得不偿失了。"

虽被医生这样告诫,文子仍做好了心理准备。

"我身体怎样都无所谓,请一定救救正纪。"

文子再怎么央求,医生也不答应。

"真有这么强烈的意愿,那就稍等等,等贫血治好后再移植怎样?那样一来,对您影响小,也能摘取出状态好的肾。"

"可这贫血几时能治好？"

"您这种情况，还有体质方面的问题，多半会花些时间。别急，要耐心等。"

就在等待贫血治愈的当儿，今天这机会不期而至。

"不用切下肾真是太好了！"陪护阿姨这句话，也是文子的真实感受。

"太感谢了……"

文子在病房一角冲箱根方向双手合十。

"多亏了您，才有正纪和我们全家的幸福，您的大恩大德我们终生不忘。"

文子闭目合眼念念有词，心里祈祷着捐赠者的肾早一刻送到东京来。

杉树林上空白云翻涌，其边缘处则是片片断云。只有在夏季，才会有这种厚重缓慢地变换姿态的小块浮云。开始是圆形，渐渐变为椭圆形，不消片刻又变换成极像肾体的蚕豆形。这变化实在有趣，尾津正眺望着天空，敲门声响起，护士推门进来。

"土屋先生请您到病房来一趟。"

尾津和村上对视一眼，即刻来到走廊上。

两人来到病房时，伤者跟此前一样仍仰卧病床，口中插着软管，管子另一头连着人工呼吸器。

一见之下，情况丝毫没变，但仔细再看，伤者脸上血色尽失，皮肤也失去了弹性。只有胸口在以一定的节奏上下起伏,这也不过是被呼吸器强制进行的呼吸而已。

土屋医生瞥了尾津他们一眼,将听诊器贴在伤者胸口上。

家属们围着病床站了一圈,盯着医生的每个动作,只有妻子耷拉着眼皮。

显然,刚才出现过瞬间呼吸停止的状况。听诊器贴上胸口也已听不到心跳,有也只是微弱的不规则的颤动而已。

死亡真真切切地降临到了伤者身上。

见识过死亡的医生一眼就能看透,即便是陪在床边的外行人心里应该也很清楚。

家人中,只有守在枕边的妻子将脸扭向一边肯定也是这个原因。

但土屋医生摘下听诊器后,又命令护士注射强心剂,并加快复苏器的频率。眼睛全神贯注地盯着伤者,右手紧握伤者手腕把着脉。只看医生的举动,想象不出死神已经到来。

"就在刚才不长时间,呼吸突然停止……"

土屋医生看了看尾津,意思是这就差不多了吧。

尾津点点头,又看了一眼伤者后鞠躬出了病房。村上也跟在后面关门回到走廊上。

一位医生在做最后的努力时,若还有其他医生在旁边,就不便施展手脚。这里应该完全交由主治医生独自处置,两人直接沿走廊返回医务室。

大白天的,四周病房却是异常的寂静,就在刚才还嬉笑不断的房间里现在也鸦雀无声,探出走廊的蕾丝门帘边角也停止了摆动。

尾津常常感到不可思议。

大学医院也同样,有人死去时,周围病房必定安静下来。尽管护士们并没有特别告知,也并非听到了家人的哭声,可能患者们真就觉察到了死亡的逼近。

回到医务室时,时间是一点四十分。

"到底要怎么着?!"

等四下没人时,村上问。

"土屋医生还打算抢救?"

"并非如此……"

尾津摇摇头,到水龙头上喝了口水。不知为什么,口渴得受不了。

"可他都用上人工呼吸器了啊!难道他不知道人已经没了?"

"他当然知道。"

"那又是为什么?"

"因为家属们都在吧!"

土屋医生给形同死人的躯体连上人工呼吸器肯定是为了说服家属。

他在意的恐怕是在医院向家属提出捐肾要求的过程中伤者死去吧。受了这么严重的撞击,任何时间死亡都属无奈。从早上那一刻起,死亡已是既定事实,剩下的只是时间问题。

眼下土屋医生没给伤者撤下人工呼吸器,只不过是为了让遗属也能够接受死亡的事实而已。

"他的意思是,伤者马上就不行了,快去做摘除准备。"

"家属准许了?"

"没,还没。正因为还没得到家属的许可才那样做。"

"可那种状态拖久了会出问题啊!"

非常理解村上焦急的心情,当然,尾津比村上更着急。

但现在除了全权委托给土屋医生别无他法,自己只能一直等下去。

尾津点上烟盒里的最后一支烟望向窗外。

窗外依然明亮,透过窗户映入眼帘的屋顶上还有杉林上都洒满了的夏日阳光。

即使有人死去,大自然显然也丝毫不为所动。

"急死人啦!"

村上满嘴牢骚,尾津没搭理他,仍然盯着窗外。

现在土屋医生肯定比自己和村上更心急。尽管心里明白早晚得撤下这呼吸器,可是只要没有家属的准许,就不能撤下。

"给大学打电话吧!"

"等等……"

早晨打电话时,教授发了话,要求尽可能早地、视情况趁还有心跳时摘取。而目前看来,就连死后摘除可能都有难度。

"就这么干等着?"

"还不到十分钟。"

死后三十分钟内取出的肾都能用,想一直等到它的临界点。

"到这时候,没什么区别了。"

望着光闪闪几乎夺人二目的白云,尾津劝慰着自己。又过了几分钟,村上问:

"前辈,今晚有空?"

"……"

"方便的话,一起去喝一杯?我在涩谷寻摸到一家挺不错的店。"

尾津突然感觉村上无比可亲。对方比自己晚三期,行事有点恣意任性,不过这也是最近医务室里的年轻医生都有的倾向。

上大学时,他经常会发个脾气,而今天一道来取肾,只能一直在这里苦等。为排解焦躁,他才对自己说出去玩玩。想想村上也有他心思细腻的地方。

"是家立饮酒吧,漂亮姑娘不少,大都是去打工的大学生。"

"要是手术中止的话。"

"可能得中止了。"

村上似乎有意把事情往坏里预想,这样即便真出现预想的情况也不至于失望。

"肾还是会有的,要多少有多少。"

尾津抽完最后那支烟,盯着电视画面。

就这样过了几分钟,医务室门一开,土屋医生冲进来。

"刚刚答应了……"

他像是跑来的,微微喘了一会儿,调整好呼吸后才说:

"伤者母亲和哥哥都同意捐肾了。"

尾津不禁站起身来握住土屋医生的手。

"非常感谢!"

"他们一直不肯答应,我担心得不得了,好在就在刚才,他哥哥总算也同意了。"

"我们还以为没指望了。"

"我也准备放弃了,刚才摘下呼吸器,家属们好像终于下了决心。"

说到这,土屋医生看看挽着袖子的手腕上的表。

"从刚才呼吸停止算起,才过了二十分钟,送手术厅没问题吧!"

"可以的话,那样最好。"

"那现在马上让护士送遗体过去。"

"真是太感谢了。"

尾津又握住土屋医生的手深鞠一躬。

得到了家属的首肯,眼下当务之急是尽快将肾从遗体内取出,越早越好。

两人出了医务室,正巧看到遗体运送车从走廊前方的病房里被推出来。

护士在车前引路,车旁可见土屋医生和一个白罩衫背影——

应该是伤者的妻子。尾津只向那边瞥了一眼便下了楼梯。

人已离世，本应向家属吊唁几句，但当前还是别节外生枝的好，不去刺激好不容易才点头同意了的家属更保险。

手术室在一楼最里侧。两人推门入内，头上已缠好手术头巾的护士已在待命。

"请在这边洗手。手术服已在这里备好。"

"谢谢！器械呢？"

"已经消毒，在煮沸器上。"

见准备如此周到，可知土屋医生应该早就下了指示。

"伤者可以仰卧吗？"

"伤者？"

尾津反问一句苦笑起来，护士也垂下头。

马上要挨刀的人并非伤者而是遗体，一时间护士似乎也忘了这一点。

"已经没呼吸了，保持原样就好。"

肾长在靠近腹部两侧的位置，手术时应采取微侧卧位。眼下的情况是，如果从两侧摘取，左右各一次侧卧太麻烦；反正人已死亡，以仰卧姿态从中间下刀，开一个刀口就能取出两侧的肾。

尾津和村上带上帽子，走到护士说的水龙头前开始洗手。因为是给死人开刀，不消毒也行，但取出的肾还要再植入人体内，而且要在体内再次起作用，因此必须全程无菌。

"好在总算说通了！"

村上洗着手感慨道。

"不管怎样,算是帮了咱们一个大忙!"

虽然这话对已故之人颇有失敬,但至少两人就此放心了。

"预先给大学打个电话?告诉他们马上开始摘除。"

"不好!取出来再说。"

的确,不亲手摘取出来,尾津还是难以安心。

"死后还不到三十分钟吧?"

"现在开刀的话,感觉应该没问题。"

尾津自我安慰似的说着,同时用刷帚咯哧咯哧地使劲洗手。

两人洗净手进入手术室,遗体已躺在手术台上。按尾津指示仰面向上,全裸的遗体从胸部到下腹部露出在外,其余部位盖着米色披风。

不消说,遗体皮肤煞白毫无血色。不多会儿前在病房看到他时,怎么梳都直立着的头发现在也软塌塌地趴了下来,直直的鼻梁在苍白的面颊上映出淡淡的阴影。

这人因何深夜驾车猛撞护栏?

假如他没这么乱来,两人就不会在此以这种形式面对面了。深感这种缘分实在难以理喻的尾津向遗体鞠了一躬。

遗属当然不在手术室,身边只有两名协助手术的护士。

尾津接过蘸了消毒液的棉球,从遗体两肋一气涂到腹部。

遗体麻醉也没上,坦然地躺在手术台上,执刀人自然用不着担心遗体会扭动或者血压会下降。尾津对此有点手足无措,抬头看了看镶嵌在白色瓷砖里的钟表。

清晰分明的圆形钟表上显示的时间是两点十分。伤者的死亡时间是一点四十分,死后大约过了三十分钟。

尾津深吸一口气说道:

"手术刀……"

器械护士立即从身后递来手术刀。

被无影灯光照得惨白的腹部、围了一圈的医生和护士,只看这场面,跟普通手术没什么两样。然而中间躺着的是具没多会儿前才刚刚断气的遗体,这一点千真万确。

肾摘除并不是多难做的手术。特别是从遗体内摘取,更无须考虑对周边的影响,相当轻松。尾津下刀才五分钟,肾体就已出现在视野两侧。

"拉钩①。"

尾津切分开肌肉,瞬间陷入一阵怪异的心绪中。

通常,下刀太急损伤血管的话会造成出血。碰上稍大的血管,腔内转眼间就会化成血海,而现在即便切到血管也基本不出血。偶尔切到较大的动脉时才会有血渍从切口处渗出,而且这血渍也是又黑又黏;更不用说切到静脉时几乎不出血,就算出点血,只要用纱布擦一次即刻便干干净净。把手硬插进切口翻开肌肉,遗体也不会叫苦连天,连动都不会动一下。

---

①拉钩:医疗手术中,用于拉分开肌肉或脏器,保证视野开阔的器具。

每处肌肤每个器官都安静顺从地任人摆布。

死后无感嘛,说当然自是当然,然而尾津却总是忘记对方是一具遗体这一事实。切断粗动脉的瞬间,心里紧张,为避免造成大出血,尾津还是习惯性地紧紧按住切口中心部位。直到拿起止血钳,才意识到面前是位死者,没必要再用它,便又换回手术刀。切开静脉、摘除淋巴结时也同样犹豫不决。

刚刚告诫自己"慎重!",转念又想,"唉,不用那么慎重也无妨。"

尾津在露出大动脉的部位插入气囊导管,通过它灌流生理盐水进行冷却。

"给您擦汗。"

被护士提醒,尾津第一次从手术中抬起头来。

手术室开着冷气,但仍相当闷热。加之又是个陌生的手术室,心里总想着快点快点,弄得自己更紧张了。让护士擦去汗水,尾津再次看表。

两点二十分,肾动脉与肾静脉已切断,马上就可以摘除右肾了。

"摘除……"

告知村上一声,尾津将右手插进刀口,手腕以下的整只手完全没入侧腹中,肾滑溜溜的触感传至指尖。

死后虽已过了四十分钟,但遗体体腔内仍保持着温热。

尾津用右手扶正肾体,切断最后的结合部。

刹那间,指尖感受到微微的重量,肾已完整地托在掌中。随后顺势更加小心地剥离尿管,留出约十五厘米后切断。

"浅盘!"

随着这声指令,护士递过来事先准备好的盘子,取出来的肾被置于其上。

约有稍大的拳头大小的肾呈蚕豆形,在无影灯下仍保持着鲜度并闪着红黑的光亮。尾津立即从肾动脉一端导入COLLINS液①,将肾内血液冲洗掉。

"马上取左边!"

刀口在中间,从这个位置也能同样摘除左肾。

尾津移身过去,探视左侧腹内部。这次因刚刚做完右侧,已不怎么犹豫,顺利地切断动脉和静脉,如法炮制,用了约五分钟就摘除完毕。

尾津照例将其托于掌心,仍放在刚才的浅盘上。

两只肾闪着黑褐色的光泽,像一对大大的蚕豆并排安卧在浅盘上。瞧着它们相依相偎的模样,甚至都想问一句:"你们从哪儿来?"

但现在没工夫慢慢观赏它们。

"灌洗!"

尾津接过护士递来的点滴软管,将头端接到动脉上。

冷却移植用肾的同时,还要把积存其中的血液完全冲洗出来。

---

① COLLINS液:一种用于肾脏保存的溶液。

在COLLINS液中配上可防止血块生成的肝素,从动脉导入再由静脉排出。微微倾斜出一个小落差,转眼间就有红色液体从静脉中流出,几分钟后灌洗结束。

"OK!"

尾津又看看表。

"三十分钟……"

"没问题吧?"村上问。

尾津点点头。还在一小时内,所以肯定没问题。不,现在只能坚信它没问题了。

"纱布!"

尾津用新纱布将现已失去血色、隐约变成浅茶色的肾逐一包好交给村上,村上把它们逐个置于准备好的保存器中。肾进了这里面,姑且可以放下心了。

保存器内部覆有泡沫塑料,原理是依靠塞满其中的冰块保持低温。

"缝合!"

腹部中央长达三十厘米的直线形切口还敞开着,好在缝合非常简单。肾已取出,而且还是非活体,也不用担心缝合得多少有些潦草的部位过后会出血。

但尾津仍将皮下肌肉仔细对齐,认认真真地缝合整齐。

就算不是活体,那也是捐了肾的非活体。

约五分钟后,刀口呈纵直线形被缝合整齐,只看疤痕,像是刚做完胃或肠的手术。不过仔细端详,便看得出皮肤已失去弹性,并由苍白变为土色。再过一会儿,身体背面腰背周边就会出现乌黑的尸斑了。

护士将纱布垫在缝合后的刀口上卷紧腹带,又在上面套上睡衣。

"最好连清洁也顺便做了。"

听土屋医生吩咐,护士用蘸了酒精的纱布将死者眼睛嘴角擦干净,又给耳孔和鼻孔换上新药棉。

尾津和村上等护士们处理完后向遗体深鞠一躬。死者本人固然一无所知,但这是对在他死后摘取其肾脏表达歉意与谢意的深深一礼。

"卧棺还没到?"

"应该马上就到。"

"家属在等着,先推到病房吧!"

两人跟护士一起将遗体移至运送车上。刹那间,一种冰冷的触感传遍尾津手掌让他再次意识到现在抬起的是具尸体。

不知什么时候准备好的,土屋医生在遗体脸上轻轻地蒙上一块白纱布。

如果是一般手术,术后会马上转至病房,应该开始测血压打点滴了,然而今天没这个必要。尾津摘下口罩,有种意犹未尽的感觉。

"您辛苦了。"

"您也是,蒙您关照!"

要是没有土屋医生不屈不挠坚持不懈的劝说,根本不可能得到这两只肾。"

"大学里等着手术的患者一定高兴得不得了。"

"能帮上忙比什么都好。"

从昨晚起就没合眼的土屋医生脸上透着疲惫,表情依然温和亲切。

"应该去跟家属们道声谢吧?"

"不用,没那个必要。"

土屋医生说着走向手术准备室。

"我已经跟家属那边谢过不少啦。"

的确,来取肾的医生现在再去道谢,根本无助家属消除悲痛。尾津和村上也直接进了准备室,脱掉手术服,换上白大褂。

"我安排她们把您带来的器械马上清洗出来。"

"不必了。"

"那歇口气吧。"

准备室一角有组更衣橱,橱前放着长椅,三人在长椅上并排坐下。

"有那么一阵子,真死心了。"尾津说道。

土屋医生从白大褂里摸出打火机,尾津就着火点上烟问:

"本来他哥和他妈是坚决反对的吧?"

"看那母亲的态度,意思是就算结了婚,他还是我儿子!"

土屋医生说着将长支柱上的烟灰缸推向尾津他们。

"他太太自己先同意捐肾,好像也惹得他们很不高兴。"

"当然并不全因为他太太先同意,不过这位太太的确是个通情达理的人。"

"算是吧,这位太太可能另有她的想法。"

"我们只能单纯从医学层面看问题。"

对于做肾移植手术的医生来说,今天在这家人中间发生的冲突似乎包含着好几个必须考虑的问题。

"不管怎么说,您真帮了我们一个大忙!"

三人走出手术准备室来到走廊,刚才推运送车的护士已经返回。

"家属情况怎样?"

土屋医生问,护士点点头。

"老太太在搂着儿子哭。还有,他哥说想要死亡诊断书。"

"他太太呢?"

"没在病房。"

"回去了?"

"没回去,手提包还在。"

死者妻子在遗体旁边待不下去了?

"那我去趟病房看看。"

"不好意思,我们去医务室再借电话用一次。"

尾津再次向土屋医生道谢后,跟村上一起上了二楼。

送走土屋医生回到医务室,时间是两点四十分。

早晨到达时是八点半,现已过了大约六个小时。

尾津抄起话筒，拨通大学医院，转接到教授室。

"刚才把肾取出来了。"

听到尾津的汇报，教授立刻问："是脑死亡状态？"

"很遗憾，是在心跳停止后，不过没超过一个小时。"

"那灌洗了？"

"灌洗了。大约十分钟后就能出发。"

"那到这边应该在四点半前后喽？"

"回去的话，箱根和湘南方面也有车回东京，可能有点堵，不过五点前应该能到。"

"那这边也做好准备，照五点做手术打算。"

"我们尽快回去。"

尾津放下话筒在村上身边坐下。

"看样咱们回去后马上就能开始手术。"

"应该像上次铃木先生那样安排。"

名叫铃木的患者做手术时，医生们估算着肾的送达时间将其推进手术室。先进行血管剥离，随后肾送到，即刻被移植进去。肾到位的时间与手术进度无缝隙衔接，将时间损失压缩到了最小限度。

"五点前能保证？"

"不堵的话，四点半就能到！"

来的时候耗时一个半小时，回去就算用两个小时，到五点时间也稍有富余。

"回去还是我来开!"

"拜托!"

论开车,显然村上技高一筹。

"回去从乙女岭那边走吧!那边应该不堵。"

"哪边都行,早回去就好!车上带着这么要紧的东西嘛!"

"珠宝箱?"

装着肾的保存器对翘首以盼的患者而言,无疑正是珠宝箱。

又向院长及土屋医生道过谢,两人三点整离开了箱根医院。

跟来时一样,村上开车,尾津坐副驾驶位。

"湘南有车过来,小田原那边可能会堵,咱从乙女岭到御殿场再上东名高速!"

村上很熟悉箱根周边的道路。尾津冲他点点头,放倒了座椅。

"本想从元箱根穿越天际线①,那样看到的芦之湖更漂亮!"

村上有点惋惜地说。当然,在运送这对宝贝肾的途中,不可能去观光兜风。

"下次踏踏实实地玩个够。"

车外依然晴朗。到了午后,即使在这高原地带,气温也像是逼近了三十度。

"冷气再开大点儿?"

---

①天际线:连接御殿场～箱根岭的专用驾车收费观光路段,长约5公里。

刚跑起来,车内还挺闷热。

"平常日子来玩的也不少哎!"

果然如村上所言,路上不断有车辆来来往往。也有两人结伴的,但明显多数是带着孩子的举家出行。

"小毛孩多,整个八月哪儿都去不成!"

车子从元箱根出发,沿驶向湖尻的大路疾驰。行进方向的右边,驹之岳出现在视野内,通往驹之岳山顶的缆车索道横穿过道路上方。

"前辈夫人什么年纪?"

"怎么突然问这个……"

"啊,我一直在琢磨,要是前辈您家夫人肾有毛病,您会把自己的肾摘下来给她?"

冷不丁给他这么一问,真不知该怎样回答。

"你小子会怎样?"

"我多半做不到。"

回答出人意料地干脆,尾津受其影响,不禁也点点头。

扪心自问,老实说,做不到,当前应该是真心话。

"没怎么听说有男人给自家太太捐肾的吧!"

说起来,提供活体肾的,绝大多数是母亲给孩子的案例,少数存在于兄弟之间。非血缘关系的情况,妻子给丈夫的案例偶尔会有,丈夫给妻子的则少之又少,极为罕见。

"到底是男人鬼心眼多啊!"

"不是心眼多不多的问题,男人有工作嘛!"

"可捐不捐肾跟有没有工作不也没什么关系?!"

说的也是,就算在自己身上留下伤疤也要挽救对方生命的这种意愿,跟有没有工作根本就是两码事,应该称之为更大气的自我牺牲式的爱。

"一旦爱上对方,看来女性爱得更彻底。"

前方视野大开,芦之湖跃入眼帘。这一带就是所谓的湖尻,二三十年前还默默无闻,现在已建起餐厅、船坞,还有大型停车场。游客中年轻人和拖家带口的居多,色彩艳丽的小船零零星星地漂荡在湖面上。

"天气真是好得遭人恨啊!"

车子驶离湖尻,开进松林环绕的山道。冷气开得有点重,甚至感觉凉飕飕的,尾津把冷气出风口转向外侧。

"刚才您说,还是女人的爱更彻底?"

"不能一概而论,不过单纯就爱来说,也不是没那个意思。"

"可那位伤者太太像是有点冷淡啊!"

"那种事,还是别太追究的好。"

来取肾的医生对捐赠者的个人问题感兴趣是不对的。其他医生怎样想姑且不论,至少尾津这么认为。

车子穿过松林来到仙石原。仙石原本来是破火山口内形成的

---

① 火口原:指火山口底部或破火山口内的平坦部分。

火口原①,现因火山喷发物的堆积及周边砂土的流入,已变成一片宽阔的野地。

"我最喜欢这里的秋季!仰面朝天随地一躺,吹吹风真舒坦……"

"秋季的确不错。"

"那前面也有高尔夫球场,看到了吧!"

村上手指的山脚处,散布着多块可能是高尔夫球场的绿色斜坡。

"下次没有取肾这等苦差事的话,想来这儿玩玩!"

车子驶过仙石原的湿生花园外围,上了国道一三八号线。沿这条路向右,可从强罗到达宫之下的温泉街,向左则穿过山谷通往乙女岭。

"不久前还在一个素不相识的人体内的肾,就要移植进岩崎君身体里了,说来也真是不可思议啊!"

"肾也会吃惊吧!"

穿过隧道,前方视野豁然开阔,富士山迎面可见。

"夏天有这样的能见度真少见!"

阳光下的御殿场街市隐隐约约地展现在眼前,富士山展开裙摆屹立其上。

"有人说富士山土气!"

"土气?"

"说给富士山感动了什么的,真是老土!"

"富士山太气派,有意闹别扭才这么说吧!"

"从这儿十分钟就能到御殿场,出了御殿场,顺利的话,一个小时就够。"

"现在应该开始上麻药了。"

如果手术五点开始,那现在就该是给患者麻醉前下药的时间了。

前方是段下坡路,富士山在密林中时隐时现,车子左弯右拐绕来绕去。

拐第二个弯时,尾津回头看了看后座上存放肾的保存器,保存器四周用砂囊包裹固定,不会跌落。即便从座位上掉下来,因为做好了充足准备,也不至于遭受直接冲击。尾津上身探向后座,将保存器周边又加固了一番。

"要是五点开始,做完手术得七点半左右?"

"然后泡个澡,八点就能喝上啤酒啦!"

"真想早点来一杯啊,一口气干了!"

车子转来转去拐过几道弯,慢慢下到街市上,途中不断鸣笛与上行车辆擦肩而过。

"下面果然更热。"

"有三十二三度了吧。"

一路下坡开下来,四周被热气包围,冷气已开到了最高档。

"但仔细想来,那位太太也够可怜的。"

村上忽地又提起这个话题。

"卧棺送到后,就该回川崎了吧!"

"应该是。"

"那今晚只有近亲在灵前守夜喽?"

尾津想象着在是否捐肾这一点上,意见出现分歧的妻子与亲戚们一起守灵的情景,心里一沉。

"他们的关系能好起来?"

"怎么说呢……"

三点四十分,车子从御殿场入口驶进东名高速。

三点十分离开箱根,开到这里用了约三十分钟。

"往下就是一条道跑到底啦!"

一上高速公路,村上就狠狠地踩下油门。

"这一带真不得了!"

道路左右两侧色彩鲜艳的建筑鳞次栉比,红色、白色、蓝色,不管哪栋,一眼便知,都是情人酒店。

"特意从东京跑来这里啊!"

"才不是!这是开车去箱根或山中湖玩,回来路上歇脚的地方。"

"还有儿童游乐场呢!"

挨着情人酒店有处儿童游乐场,又圆又大的观览车悬在夏空中。

"一家老小的在这边,成双结对的在那边?"

天空依旧晴朗,跑在前面的车辆的后窗玻璃闪闪发光。

"照这架势,今晚也免不了又闷又热。"

到今天,气温超过二十五度的热带夜晚已持续了一个星期。

"前辈昨晚值班了吧?"

"正因为值班才落得这场奔波!"

给"有个供肾者"的电话吵醒是在今早六点。

"这值班室真的没救了?大清早就满耳朵拖鞋跋嗒声,吵死了!"

今早在梦境中听到的也是这声响。

"值班第二天应该让我们歇歇啊!从值班当天早晨算起,工作时间有二十四小时了!出租车司机什么的才这样吧!"

"不过,班上没事的时候也睡了不少吧!"

"上周四可真倒霉,给千叶先生和太田先生轮着班揪了起来。"

"那天情况特殊嘛!"

在外科和小儿科看来要强出不少的泌尿科,有时候也因收诊重症病人或急诊病人几乎整夜不能合眼。名叫千叶的病人因肾脏破裂被送来急诊,而且就在刚刚给太田患者做完前列腺肥大手术之后。

"话说这男的知识分子最难缠!胆小没自尊,还满嘴牢骚……"

村上说的是名叫太田的病人。他是个大学教授,还上过智力游戏节目,有些名气,但这家伙不是一般的讨厌。

稍有些痛感就要求打镇痛剂、就要吃安眠药;稍有点发烧,就垂头丧气地嚷嚷是不是要完蛋了。刚做完手术有需要喊护士还情有可原,但只因忍受不了哪怕一丁点儿疼痛而呼叫护士就太招人厌了。

"就这德性,他还摆出一张老子是知名教授的臭脸,一副目中无人的样子。"

"还是女人更能吃苦耐劳啊!"

"这方面绝对是女的更厉害!安井大姐还是谁来着,腿骨折了,石膏嵌进肉里,腿上留下伤了都不吭一声!"

"男人看起来意志力顽强耐性不小,其实对真正深层次的疼痛根本扛不住。"

"干体力活的还好,知识分子最差!"

"快看,真漂亮啊!"

尾津又欣赏起富士山。周围一切都因炎热而萎靡不振之时,耸立于白云中的富士山更给人带来清爽的感觉。

"白雪皑皑,富士之巅……"

尾津出神地凝望着富士山,不禁吟诵出声,村上笑起来。

"前辈对老歌也很在行嘛!小学学的?"

"老妈唱过,只是没忘罢了。"

"听说以后手术厅里也会播放背景乐?"

"胸外科那边不是很早之前就开始了嘛!"

"可在手术过程中播放音乐会出现什么情况啊?摇滚乐速度太快,伴着那种节奏说不定能把血管切断!"

"应该播放更舒缓平稳的乐曲吧!总之,要通过音乐使手术厅紧张的气氛平静下来。"

"那教授吆二喊三的次数也会减少吧。"

说话间,左边的富士山不见了踪影,取而代之的是一座逼近眼前的小高丘。

车子变道至右车道,一口气超过一辆大阪牌照的小轿车。

"别太勉强。"

车上时钟显示为差五分四点,尾津盯着时钟,点了支烟。

同一时间,接受肾移植手术的岩崎正纪所在的病房里,母亲正站在床边端详着儿子的面容。

主治医生水野来过之后,麻醉科的医生又来病房放下药,他是十分钟前离开的,叮嘱说四点必须吃药。

不清楚药的详细内容,既然说麻醉前应该吃,想必是一种睡眠药物。服药后,意识会渐渐变模糊。

文子暗暗祈祷丈夫在那之前能赶来跟儿子见上一面。

尽管如此,其实文子并不怕做肾移植手术。听说这手术已经很完善很安全,光这家医院就有二十多人做过。

只是,可能的话,还是想在手术前叫齐家人,一起喊声加油鼓鼓劲。

文子打定主意后央求丈夫。

"倒是没什么可担心的,可能的话,只想让你在手术前见他一面。四点前能来吗?"

丈夫答应了文子的请求。

"一定想办法脱身赶过去。"

妹妹朋子也已来到病房,往下就只等丈夫赶来了。

"爸爸能来?"

听正纪问自己,文子移开视线。

"说是能来,工作忙,大概会晚些。"

"其实用不着逼爸一定来……"

手术前全家人一个都不少地赶来,正纪对此显然感到异常。

"爸爸是来给你打气的!"

"现在打不打气都一样了。"

正纪的话有点随便,这可能也是手术当前心情兴奋的表现。

"我身体里真能移植进别人的肾?"

"当然啦!做的手术都成功了,人也都健健康康的嘛!"

正纪没吱声,脸上还是一副难以置信的表情。

"哥,治好病,下次带我去海水浴!"

听到妹妹欢快的声音,正纪笑起来,精神头像是又回来了。

"治好病,别说海啦山啊,哪儿都带你去!酒也去喝……"

"喝酒可不行,对吧,妈?"

朋子正说着,护士敲门进来。

"岩崎君,该吃药了。"

"知道了。"

母亲答道,护士点头出去了。目送护士离开,文子拿起药袋。

"时间到了,小正,赶紧吃药吧。"

正纪点点头接过药又看了看母亲。文子避开视线将盛了水的玻璃杯递给正纪,后者把药一下子都扔进嘴里。

"哥,苦吗?"

"还行……"

听着正纪干巴巴的声音,文子又看看手表。

四点整。

吃下药,睡意会慢慢上来,接着就要全身麻醉意识全无了。

"爸爸太能磨蹭啦!"

朋子盯着窗那边嘟嘟囔囔。

"妈,我真没事?"

"没事!妈妈一直看着你,放心!"

文子轻轻握住正纪的手。这时,丈夫开门进来。

"对不起,堵车……"

丈夫经太郎扫视室内一周,马上来到正纪枕边。

"关键时刻到啦!"

可能父亲有力的声音更让孩子放心,正纪松开母亲的手使劲点点头。

"这下就能精精神神的啦!治好病,要一起庆祝庆祝,再坚持坚持!"

"没问题!"

"要的就是这股劲儿!"

母亲刚松开。这回,父亲又握紧儿子的手。

"哥,我也来!"

朋子也不甘落后,过来握住正纪的手。三人依次相互握手后,文子小声说道:

"来,稍微休息一会儿,舒舒服服地。"

再多说,只会让他心神不定。父母二人从床边走开来到门口。

"要移植的肾已经到了?"

经太郎低声问妻子。

"现在好像正从箱根那边往这里送。"

父亲点点头看看表。

"那五点前后能到?"

"听说五点开始手术……老公你能一直在这儿?"

"我只要打两三个电话就好,没问题!"

文子点点头,像在说"太好啦"!经太郎从口袋里摸出烟,意识到不能在这里抽后又放回口袋。

"手术得花多长时间?"

"顺利的话,应该三个小时多点。"

母亲答道,像在祈祷似的将目光投向睡在床上的儿子。

傍晚

跑车在夏日阳光下轻快地飞驰着。

尽管是个平常日子,一过下午四点,来富士山或湘南地方玩的车辆好像也都开始向东京折返了。暑假期间,带着孩子全家出行的固然引人注目,大卡车、翻斗车也不在少数。公路上下行线都是双车道,右侧虽是超车道,只因两条车道上都跑着车,所以前行速度几乎一样。

没多久,车子驶过鲇泽停车区,此前一直并行的上下行线路从这里开始分道扬镳。

"要是这一带也有三车道就更好开了。"

"横滨那边不是三车道吧?"

"对,在大井松田就到头了。"

大井松田是下一个高速出入口,到那里还有将近二十公里。

"暑假里半吊子司机太多,真让人头疼!"

村上轻轻呫呫嘴,超过前面一辆满载一家老小的车后又从一辆大卡车旁掠过,驶进超车道。

"这两位慢腾腾地堵在前面真没辙!"

"要是能有警车开路就好了。"

"说的是呀!咱车上带的可是事关性命的宝贝呐!"

"不过,给警车逼着让道,心里可不会太爽。"

"可坐车的爽啊!"

尾津也曾坐过一次急救车,那次是受托去一家地方医院出急诊。伴随着尖利的警笛声,贴着纷纷避向两旁的其他车辆风驰电掣,说爽也是真爽。

"话又说回来,最近急救车上不疼不痒的病人拉得也实在太多!"

"说得太对了!前些日子深更半夜地拉着警报送来一位,还以为是什么要命的病呢,起来一看,只是个闪了腰走不了路的!闪了腰叫什么急救车嘛!"

"确实有滥用的苗头。"

酒勾川溪谷这一带,山险谷深,据说即便在总长346公里的东名高速公路工程中,也算最为险要的路段。特别是架设在酒勾川上的大桥,长560米,最深处位置的支撑桥柱高达67米。

过了这座桥,前方二百米处的都夫良野隧道全长1655米,仅次于静冈的日本坂隧道,是东名高速公路上的第二长隧道。

此处又穿溪谷又越险山,所以上下行车道仅在这部分进行分别铺设。

车子现在驶上了酒勾川大桥。

"我特别喜欢从这铁桥上欣赏到的风景。"

"我也是！东名这条路上,富士山啊、浜名湖①啊,景致漂亮的地方真有不少,而这里最有男人味！"

四周,丹泽的群山近在咫尺,背衬着浓绿的山谷,对向车驶过铁桥,朱红色栏杆清晰地浮现面前。

"颜色真炫！"

"东名的旅行指南上也常用这一带的风景,公团②也因为投钱最多,才这么炫耀。"

"不过,常有这种建在深谷里的桥。"

"不走这里的话,右边是足柄山,左边是丹泽嘛！从桥边探头往下看,脑袋都晕！"

"探头往下看过？"

"应该是不允许的,就停车瞄了几眼。抓着扶手往下一看,感觉高得要给吸进去。"

"我也恐高。"

"风大的时候,桥桁都跟着一起晃。"

说话间,车子驶过桥面,车道微微右转。

---

①浜名湖:位于日本静冈县西部,与爱知县交界处的咸水湖。
②公团:在日本,出于某个特定目的,由国家或由国家及地方公共团体共同出资设立的特殊法人。

突然,前方车身上写着"丸元运输"的大卡车放慢了车速,村上踩下刹车。卡车停了停,马上又发动起来,开了二十来米后再次减速,慢吞吞地跑着,时速在二三十公里的样子。

尾津看看左车道,跑在身旁的小轿车、它前面的小卡车也都在减速。

低速前进了大约一百米,卡车停下了。

"搞什么鬼啊……"

村上向前张望,车子被挡在棱角分明的大卡车后面,什么也看不见。

"那边还在跑!"

左车道上的车还在缓慢前行,却也仅过去了几辆,一辆白色轿车驶近后停了下来。

"出什么事了?"

尾津从副驾驶位上探出头向前张望,车辆拥堵加上前方是段小弯道,看不到远处,也弄不清楚出了什么事。

"施工?"

"施工的话,稍微动动才对吧?"

车子已经过了酒勾川铁桥,但到隧道还有些距离。前方与左侧高山耸立,后方及右侧稍显开阔,河水在山谷间奔流。

"真受不了,怎么停在这种地方?!"

尾津正啧啧连声时,身后响起警车的声音。

"果然出事了!"

随着警笛声越来越近,也听到了警察通过麦克风的喊话。

"请靠右避让!请靠右……"

这时,停在左车道上的卡车突然开始倒车,差点儿就要撞上白色轿车的车头了,吓得后者赶紧按喇叭。

"靠右!让出车道……"

警车又发出警告,并从左车道旁开了过去。

"不是双车道嘛!"

"旁边还有一条应急道,就是为现在这种时候预备的。"

警车的声音渐渐远去,后面像是又赶来一辆,照旧喊着"靠右……"超了过去。

"追尾了?"

村上提高了收音机的音量,可能因为事故发生还没多久,收音机里播放的仍是悠闲的午后音乐节目。

村上又转动旋钮换了几个台,都没有相关事故报道。

尾津看看手表,四点五分。

"但愿不是什么大事故……"

警笛声再次响起,急救车开了过去,跟在后面的是道路公团的黄色巡逻车。

"有人受伤?"

村上将下巴抵在方向盘上,惴惴不安地望着前方。

"这一带是什么地方?"

"离都夫良野隧道还有二百来米呢!"

尾津瞬间想起了日本坂隧道的那起事故。

当时两辆大卡车追尾,受事故影响,在旁边正常行驶的一辆小轿车也被从后面顶上,轿车油箱受损,电线短路引燃了泄漏的汽油。

火焰就势向四周蔓延,整个隧道化为一片火海。好在这次事故看来没那么严重。

至少,在周围停车等候的人表情并没多严肃。

"得耽搁很久了。"

"不至于吧!小事故!"

村上又拧收音机旋钮。

"追尾之类的事故,只要把车让到应急道上就能通行。"

"前面可是隧道啊!"

"手术定在五点开始?"

"初步这么打算,他们说要提前准备。"

现在已过四点,最多也就是麻醉前给患者用药的时间。

"要是稍早点出来就好了。"

从刚才警车过去的情形看,事故现场顶多就在前方四五百米处。这样算来,只要早出门两三分钟,说不定就可以避免遭遇这次事故。

尾津想起穿白色罩衫的伤者太太,哭哭啼啼的母亲及他那体格健壮的哥哥。如果他们关系融洽,应该能更早地取出肾来。

事到如今再纠结这些细节已无济于事,谁也无法预测此时此地会有车祸。前面的卡车司机、旁边白色轿车里的一家老小,大家同为受害者。

"算了,不管怎么说,先等等吧!"

尾津回头看看后排座。肾只要安放在保存器里,半天时间内是没问题的。

"稍微开开窗?"

村上关掉冷气开了车窗。

可能因为身处山谷之上,虽有微风吹进车内,但同时也感受到了相当的热度。尽管已过四点,说不定现在正是最热的时候。

"还是关上窗吧!"

村上又关上窗打开冷气。

"咱还好说,给困在隧道里动弹不得的那些人更难熬。"

旁边的白色轿车里,一个妻子模样的女性不断哄着哭闹不止的两三岁的孩子。

"我去看看!稍往前走走,应该能弄个明白。"

村上刚打开车门,前方传来警车的广播声。

"因都夫良野隧道出口发生卡车、轿车等八车连环追尾事故,现在上行车道全部关闭……"

一时间,两人面面相觑,然后慢慢抬头望向前方。

"八车连环撞啊……"

村上大吃一惊。尾津没搭理他,看了看表。

夏日斜阳下,手表玻璃盖子闪闪发光,时间显示为四点二十分。

尾津从手表上收回视线来到车外。大卡车四四方方的后部依然将前方挡得严严实实，前面什么也看不见。

"真受不了……"

"真不走运！偏偏这个时候！"

周围车上的男男女女听到刚才的通报后也都下车向前张望。

"说是在隧道出口那块儿撞的车？"

"其实隧道交通事故比想象的少得多，可能是开出隧道的瞬间给后车强行超车出的事！"

"可这是八车连环追尾啊！"

"多半是大卡车先撞上了什么车，然后，后面上来的家伙为躲避它们向旁边打了方向，结果又撞上别的车。再往后就一辆接一辆地连续追尾了。"

"八辆车堵住隧道，看样不可能轻易通行了。"

"不过只是撞在一起的话，过一个小时，应该能有一条车道通行。"

尾津又看了一次表。假设现在起清除事故车辆需要耗费一个小时，那得等到五点半才能过隧道。

"出隧道后再跑一个小时没问题？"

"都内晚高峰时间，一个小时可能有点紧张。"

"那就一个半！"

如果五点半通行，那七点能到医院。

"应该没明确地定下五点开始做手术吧？"

"说的是提前准备妥，能让手术五点左右开始。"

"那光是麻醉，多少晚一会儿不要紧！"

要紧不要紧的，眼下只能在这里干等。尾津为让焦急的心情平复下来，点燃一支烟。

"看警车和急救车开过去后再没什么车来啊。"

"牵引车或是大型救险车八成从大井松田那边过来。"

"可大井松田在前面啊！"

"所以嘛，逆行过来……"

"说的是。"

从车祸事故现场向前，跑在前面的车辆早已走干净，路面空旷，牵引救险车从那边逆行过来合乎情理。

"松田正好也有公团的联络处，只是处理事故倒是很简单。"

尾津回头看看，装着肾的保存器仍被砂囊包围着固定在后座上。从遗体内取出来眼看就快两个小时了，一直处于冷却状态，活性固然不会降低，但时间拖太久总是个问题。

"广播也开始提这事儿了。"

村上指指车载收音机，里面正在播放路况信息。

"东名高速上行线都夫良野隧道出口处，大卡车追尾私家车并引发后续六车接连相撞，目前上行车道已全线停止通行。从东名高速御殿场出发的车辆请注意……"

女播音员语速极快地播报完后，村上关掉收音机。

"出车祸这事本身已经知道了,其实想听听要多久才能恢复通行!"

村上满腹怨言,但对于何时恢复通车,恐怕公团那边也无法确定。

"得困在这里好几个小时呐!"

天空依然晴朗,耀眼的夕阳从山谷间照射过来,曝晒着混凝土侧壁和车体。

"稍关会儿。"

村上关掉冷气开关打开车窗。因地处山谷中间,不时有微风拂来,不过这点风量根本不足以驱散车内狭窄空间里的热气。

"真热啊……"

村上在胸口呼扇着道路交通地图,把脚伸出车门外。

"这不得把人晒成干儿?!"

可能在狭小的驾驶室里坐不住了,前面的卡车司机也挽起裤脚,在脖子上搭了条毛巾从车上跳下来。

"那孩子也像是热得不轻。"

旁边白色轿车里,那个两三岁的孩子上衣敞着怀。

"开冷气耗油吧?"

"当然耗油啦!不过这么个热法,还是开冷气舒服!"

"我过去看看。"

尾津擦擦脑门上的汗下了车。

停车位置距都夫良野隧道入口约有百米,连接酒勾川大桥的高架路两侧一米开外处有混凝土侧壁围绕。沿侧壁前行三十米，密密麻麻排布的车阵前方，现出隧道入口的黑色轮廓。

走到这里便没心思再往前了，回到车边，前面的卡车司机上前搭话：

"真倒霉啊！"

话里显然带着气，看脸上表情却意想不到的悠闲自在。从车身侧面上写的"大阪—名古屋—东京"字样上看，他很可能常年在东名高速上来回跑，对交通事故已见怪不怪了。

"看样子这得花很长时间吧？"

"急也没用！"

司机死了心似的把毛巾缠在脖子上抽起了烟。

前前后后的人纷纷下车，有的向前方张望，有的凑在一起相互打听，其中还有人从较低的混凝土侧壁处探头出去，战战兢兢地向下窥视。

回到车里，村上正像在跟谁怄气似的将座椅向后放倒仰面而卧。

"差百十米就到隧道了，一直到前面，车塞得满满的。"

"您是说没堵在隧道里面是不幸中的万幸？"

"不过后面也挺惨啊！"

尾津他们的车后面是过桥后有个左转小弯道的地方，那里也挤满了车。

"都是不知道出了车祸才冲进来的。"

尾津望着绵延到身后山谷尽头的车队，突然浑身一激灵，害怕起来。

照这态势下去,如果事故车辆清除工作拖得太久,无法前行自不必说,连退都退不回去了。万一这其中有一辆不慎失火,那么整个车队瞬间就会陷入火海。

"不至于吧!"

"不至于什么?"

"唉,没什么……"

像为驱散心头的不安,尾津坐回副驾驶位。

"还是开冷气吧!"村上关上车窗,打开冷气。

"照这阵势,几点能吃上晚饭还没准呢!"

"这里要是有冰镇草莓什么的卖,肯定卖得火!"

不清楚堵了几百辆车,反正桥上和隧道附近车阵里的人肯定都因为炎热和无聊正急得焦头烂额。

"没辙,耐着性子等吧!"

村上唉声叹气道。尾津点点头,后背靠着座椅抱臂胸前闭上眼。午后音乐聊天节目还在继续,男女主持人悠闲地聊完麦秆草帽的故事后又换上了音乐。闲坐听着广播,刹那间产生了正在停车场休息的错觉。

"这可不行……"

尾津叽咕了一句挺起上身,这时一辆警车嚷嚷着"靠右避让!靠右避让!"开了过来。尾津目送它走远,又看看手表。

四点三十五。自四点五分在这个位置停下,已过去了三十分钟。

同一时间,城西医大附属医院泌尿科301号病房的岩崎正纪接受麻醉前用药后,已进入睡眠状态。他的母亲与妹妹朋子围坐在病床左右;父亲经太郎则因下午从公司早退,正在值班室前给公司打电话,处理工作上的未尽事宜。

一层楼下面的中央手术室里,主治医生水野将手术预定表交给了手术室主任护士。

"五点开始?"

"说是要看肾送到的时间,初步希望五点一过就能开刀。"

手术预定表里填有主刀医生奈良原教授、第一助手吉川讲师、第二助手水野医生、第三助手小笠原医生及麻醉科医生的姓名,另外肾移植手术特别应准备的手术器具,血液、补液的种类与剂量也填写其中。

"五点一过就开始?"

主任护士瞅瞅镶在白色瓷砖里的钟表,面现不悦。

白班护士四点交接班,之后就进入准夜班态势,护士人数减到三人。肾移植是大手术,光对付它,就需要四、五位护士。

为此,身为护士长必须指定由谁留下加班。

"要用多长时间?"

"两个小时足够。"

假设五点半开始,七点半结束,手术倒是做完了,但护士的工作并没完。术后要清洗器械,打扫手术室,处理沾污的纱布或绷带。

"今早突然有个捐肾的,咱是专门跑去箱根取的啊!拜托!"

只要是紧急手术,护士都没理由拒绝。只因这手术在工作时间以外,作为医生说话也不得不客气点。

"五点半确实能开始?"

"没错,听说他们三点就从箱根出发了。"

加班做手术,护士们固然脸色难看,却也不敢对医生说的几点开始几点结束有怨言。深夜被敲打起来拖进手术室,也只能闭紧嘴巴乖乖服从。

就这点来看,护士的态度稍显任性,但对医生们而言,参与手术本身就是种学习。要是计较什么工作时间外的话,可就落在其他同事后面了。

在护士们看来,手术只不过是工作的一部分,所以加班加点脸色难看自是必然。

"好久没做肾移植手术了啊!"

申请肾移植的患者固然很多,但肾源难找这一点,身为手术室主任护士,也是心知肚明。

"知道了。那五点开始,请用二号手术室。"

二号手术室在大学医院中也算最大的,为让学生们能参与观摩,周围设置了玻璃墙,手术台上方还配备有电视摄像机。

"手术室能放音乐吧?"

"按规定,工作时间以外的手术不放音乐。"

今天主任护士有点不高兴,这种时候,别太针尖对麦芒,将就一下比较保险。

"那就拜托啦!"

水野简单说了一句,轻轻摆摆手走出手术室。

车载广播整点报时,现已五点。

尾津闻声看看车上的时间,又对对自己的手表。

车上的表盘指在五点一分上,手表则显示差两分五点。之前还一直以为车上的表快两三分钟,其实是手表慢了。

尾津将手表表针调准后望向窗外。

过了五点,热度仍没有减弱的迹象。从狭促的车内逃到外面的人们似乎也都因忍受不了酷热又回到了开着冷气的车里。

就在不久前,还在眺望峡谷的那位挽起裤脚的卡车司机也不见了踪影。斜阳反射在连接着酒匂川大桥的混凝土车道上。

"这简直就跟坐在煎锅上一样啊!"

村上伸出长长的胳膊新点上一支烟。

"应该严惩那个在这种地方撞车的家伙!这不只是单纯的交通事故,还给后面的车添上这么大的麻烦!时间就是金钱啊!"

可不,把停滞在这里的时间换算成钱,数额肯定相当巨大。

"要是能让引发事故的那个浑蛋赔偿损失就好了。"

尾津也想跟村上一样大发牢骚,可感觉越是发泄不满,心里反而更加着急。如果生气上火无助于事故尽快解决,那闭紧嘴巴可能更明智。

"还有多久能处理完,警察也该放点风出来!"

的确,一直困在这里,让人徒增不安。

"真他妈的没辙⋯⋯"

村上流里流气地说完,做出要踩下油门的架势。

五点报完时,广播像是换成了歌谣节目。合着背景乐的节奏,主持人语速极快,语气兴奋地说:"那本周哪些歌荣登最佳十曲了?"

尾津微合双目听着广播,其实他并没真在听。越算时间越心急,为抑制这种焦躁,实在无奈才将心思转向广播,这样说更准确。

"我出去看看。这么干坐着也不是个办法。"

像在说实在受不了再等在车里了,村上猛地推开车门。

"车没熄火,拜托您照应着。"

望着村上的背影,尾津又扫了一眼时间。

五点五分。

起初以为一个来小时就能处理完,看来自己是太天真了。照这样子,就算五点半动身,赶到大学也得七点了。

医生、护士姑且不管,患者肯定给打上麻药了。

"怎么办啊⋯⋯"

尾津喃喃自语,用指尖敲打着车门内侧,这时村上回到近前。

"不行,根本不行!"

村上脑袋摇得像个拨浪鼓。

"不是在隧道前面出的事,是在快到出口的地方,而且路面上淌满了油,要清理这些看样得费些工夫。"

"事故车辆还原地待着?"

"可能马上要移开。因为是在隧道里面,好像连警车都开不到前面。"

"那还得很久吧?"

"照公团的说法,得一个小时。"

"什么地方应该有电话吧,得跟大学联系一下。"

医务室有人听到广播的话,可能已经知道了车祸的事,但得不到自己的消息,手术准备工作就会照常推进。

"前面没电话?"

"到隧道这一段没有。我去找找?"

"不,我去。看样不会半路上通车吧?"

"不会,说了,得花一个小时……"

尾津确认过前方后,向大桥那边走去。

东名高速公路区间内不少地方配置有紧急电话。说不定隧道里也有,但里面黑乎乎的让人害怕。沿混凝土侧壁往回走,两条车道上挤满车,等得不耐烦的乘客们都来到车外。有的站在一起聊天;有的一言不发;也有人累得不行了,铺下报纸席地而坐。尾津快步从这些人身前穿了过去。

"有什么进展?"

还有人看到尾津急匆匆往后赶,走上前来搭话。

"在快出隧道的地方出的事,听说还得花一个小时!"

尾津边说边接着往后走。

过了铁桥再稍走一段,看到前面有电话,周围站着十来个人。事故拖得太久,应该都需要紧急联系一下吧。

尾津站住,排在大约有八人的队列后面。

"这么急的时候实在对不起,六点来不及了⋯⋯"

一个领带系得整整齐齐的男子不断冲着电话点头哈腰。后面,尾津原地踏着步,等前面的人赶紧说完。

同一时间,城西医大附属医院中央手术厅二号手术室里,岩崎正纪仰卧在手术台上。

前期用药见效,患者很快接近昏睡状态了。从运送车上抬他下来移至手术台上时,他还轻轻地摇摇头,但这并非意识清醒的表现。

为将新肾植入下腹部,这个年轻人的阴毛已被剃光。指定傍晚开始加班做手术的护士用蘸了酒精的药棉给尿道口周边也消了毒。

麻醉师将麻醉机的呼吸气囊鼓起来,检查各种插管完好无误。

从二号手术室向前,第三个门的准备室里,主治医生水野和助手小笠原医生开始洗手。

"肾肯定到吧?"

用塑料刷刷着左手指间的小笠原问。

"没问题,三点就从箱根出发了。"

"不过有点晚啊,莫非暑假路上堵?"

"村上车开得不错吧?"

"那小子好开车,找他错不了。"

小笠原跟村上同期,不知觉间说话就随便起来。

"他俩也很辛苦啊!早晨七点就出门了。"

"这手术几点能做完?"

"要是五点半开刀,八点吧。"

两人已经洗开了手,主刀教授和第一助手吉川讲师很快就到。等他们洗净手再给患者消完毒,开刀可能要将近六点了。

"今晚有什么安排?"

"没大事,就是老妈要来。"

"你妈?从哪儿来?"

"冈山,坐新干线九点到,定好去接她。"

"不会是年轻漂亮的小妈吧?"

"真是我妈!"

小笠原生气地反驳道。

"你这个从来不孝顺的人偶尔也要尽尽孝?"

"没有的事,八点做完?"

"应该不会那么久。"

水野也说好今晚跟高中时的朋友见面,知道要做肾移植手术后,当场打电话取消了约定。即便手术顺利,主治医生也必须留下观察病人术后状况。

"往下要很辛苦了,直到移植进来的肾起作用。"

小笠原说着冲洗掉沾在手上的肥皂。

"死体肾终究会影响效果吧?"

"确实跟还有心跳时取出的肾有差距。现在提前开刀也是为了肾一到马上就能移植。"

"听说今天从心跳停止到取出肾总共花了五十分钟。"

"好一顿劝啊。"

"他们说得知拿到肾时,岩崎君他妈都双掌合十了。"

"在感谢神明吧!"

"光是感谢神明?"

水野没说话,从洗手盆后面的台子上拿起消毒布。

同一时间,301号病房里,患者的母亲和妹妹正呆呆地坐在空荡荡的病床边。

马上要到日落时间了,透过窗户,高楼的墙面在夕阳的光照下闪亮耀眼。母亲面冲窗户那边,慢慢合起双掌。

"但愿手术平安顺利……"

一开始祈祷手术成功,现在只求儿子能精精神神地再回到这病房就好。

就在几分钟前被抬上运送车的儿子的体温还留在这床上。屁股位置在床上压出了一个浅浅的坑,那里还有点微微的潮气。

文子感受着那点暖意闭上了眼睛。

午后五点四十五分，城西医大附属医院二号手术室里，肾移植手术开始。

患者岩崎正纪，十九岁。主刀医生是泌尿科奈良原教授，助手为吉川讲师等共三人。

教授手握手术刀先在青年的右下腹部切开了二十厘米。因新肾要被移植进腹膜里侧髂窝凹处，必须呈下凸弓形切开。

光是肾移植手术，奈良原教授就已做过近五十例，是位经验丰富的行家里手。助手们也多次参与过，所以现场气氛并不是特别紧张。

从切开皮肤、腹肌到分开后腹膜，技术上没什么难点。跟在教授不断游走的电动手术刀后，助手们手法娴熟地用止血钳夹住血管进行结扎。

手术开始才十分钟，髂窝的前面就呈现于眼前了。

患者全身状况良好，麻醉师面前自动显示的心电图描绘出正常波形，血压在100到120之间波动。

照这态势进展顺利的话，应该不用三个小时就能结束。

当然，这在"一切按计划进行"这一条件下才有保证，只要有一个环节出现差池，立马会延迟十分钟二十分钟。

手术实施期间，所有人都在担心同一件事，那就是肾的送达时间。

就算是移植部位漂漂亮亮地打开,对接的血管也都准备停当,可最要紧的肾不来的话,手术也结束不了。从道理上讲,肾送到后,手术才应该开始。

不过,患者已经上了麻醉,医生、护士都从五点开始就为手术整装待命了。由外部因素决定手术时间固然不对,可为了这台手术,手术厅留下了四名护士,麻醉师也从四点起就陪在患者身边了。

泌尿科的医生姑且不论,为他们想想,实在不该再等下去了。

而且要移植的肾是在死后五十分钟才取出的,活性已大幅降低。尽管途中保持冷藏状态,那也是越早植入体内越好。

去取肾的尾津打来电话告知安全摘取完毕,马上赶往东京是在快三点的时候。

从箱根到大学,按正常速度开车回来要一个半小时,即使路上多少有点堵车,两个到两个半小时也该足够了。打来第一个电话后就再没联系,所以最迟六点半前应该就能到。

何况,肾并非一定要在皮肤切开后马上移植进去。切开皮肤、分开肌肉,直到后腹膜阶段都比较简单,之后才稍有点麻烦。

新肾必须连接到从髂总动脉分岔出来的髂内动脉和髂外静脉,让这两条血管外露出来相当耗费时间。

经验老到的奈良原教授主刀,四五十分钟就能搞定;但有时分岔部分会发生异常,所以也常预估操作时间为一小时以上。考虑到这些问题,肾送到前就开始手术显然效果更佳。

五点四十五分开刀,就是通盘考虑了诸如此类各个环节后做出的决定。

现在已经过去了二十分钟。眼下,维也纳香肠状的两根细细的血管已裸露在外。其中一根,稍带弧形、有规律地做着强有力的搏动的是髂内动脉;其近旁平坦发暗的则是静脉。万一手术刀不慎割开了动脉上的一点,转眼间就会鲜血喷涌,不出几分钟患者便会失血而亡。

"几点了?"教授问。

护士看看手术室的表答道:

"六点五分。"

教授盯着眼前的血管,在口罩后面嘟囔:

"还没到啊……"

"请您再等等!"助手吉川讲师赶紧低头致歉。往下要分开分岔部位,在动脉和静脉血管各自的中枢位置固定住后切开血管壁,然后在切口处与移植进来的肾的动脉与静脉缝合在一起。

可肾不到,这一操作就无法进行。

"怎么回事啊?"

教授又问,吉川讲师小声回答。

"应该是三点就从箱根出发了……"

"尖头刀!"

教授像是很焦躁地命令道。他接过头端尖利的手术刀,又把动脉和静脉完全分离开。

就算赶上了傍晚堵车时间,这也实在太晚……如果出了什么事故,也该联系大学。东名高速途中有停车区,路边也有紧急电话。要是遇上突发事故,当然也能用它联系。开惯了车的村上跟有慎重居士美誉的尾津在一起,不可能对此视而不见。

"针和线!"

教授对护士吩咐道。在分离动脉与静脉的部位,要用头部像鸟嘴那样的弯嘴手术钳穿到血管反面进行相关操作。由此确保动脉与静脉安全后,移植前应该做的工作就要全部结束了。

扑哧、扑哧,麻醉机呼吸气囊有节奏地响着;同时还有轻微的哔哔声,这是心电图机在显示心跳波形。

"再来一根!"

教授又要了一根线,护士递过来,教授把线夹进手术钳。

慢慢将线穿过静脉反面,再用血管钳夹住头端。至此,移植前必要的准备工作结束了。

核实过线头位置后,教授抬起头,转身看看左右。

"还没到啊……"

没人应声,教授不胜心烦,响亮的咂嘴声隔着口罩也能清晰地判辨出来。为安抚教授,吉川对围了一圈观摩手术的医务室成员说:

"谁去医务室看看?"

手术台周围站着五个来学习的年轻医生,他们都戴着帽子口罩。吉川对其中一位进院已三年的荒木医生命令道:

"还没回来的话,给箱根的医院打电话,问问情况。"

事到如今再去问箱根的医院,回答肯定是"早就出发了"。

明知没意义,可不做点什么就觉得不踏实。荒木医生离开后,教授又验视了一遍刀口。

"纱布!"

护士马上递来纱布,教授将其蒙到刀口上。

手术室完全无菌,污染空气紧贴地面排出室外,可即便这样,刀口长时间暴露于空气中也不是好事。

教授又在刀口上盖了几层纱布,叹息一声:

"没办法啊……"

"请您原谅!"

吉川讲师像自己犯了错似的连声赔不是,当然谁都清楚这并非他的责任。

"没辙,稍休息会儿!"

在手术室里等,因为医生护士都穿着消毒服,躺下当然就别想了,连支烟都没法抽。

"教授这边请。"

手术室的护士在墙边放了两把圆椅。教授点点头坐在其中一把上,吉川讲师在旁边的椅子上坐下。护士又为其他助手从近旁房间找来三把圆椅。

教授居中,五位医生穿着消毒服,坐了一溜。手术室的中央躺着下腹部开了腔的患者。

不知情的人看到这场面,还以为五位医生在手术中偷懒小憩呢!

"路上堵车吧?"

"多半是堵车。"

话说到这里断下了,过了两分钟,荒木医生回到手术室。可能跑得太急,戴着口罩的荒木气喘吁吁地说:

"刚才尾津医生来电话了,说是在快到大井松田的地方。"

"大井松田?"

吉川讲师反问。

"说都夫良野隧道出了车祸动弹不了了。大卡车顶上了小轿车,后面又有六辆连环撞。"

"那要怎么办?"

"一时还动弹不了,问怎么办好……"

"谁知道怎么办!这边都开膛了还问怎么办?!"

"说了。他说一定想办法早点送到。"

"想办法?什么办法?!"

荒木无言以对垂首而立。去医务室询问情况的荒木碰巧接到电话,却因此挨了一顿训。

"肯定会想各种办法……"

手术室里这些人都想过是不是出了事故,说出来,又怕成为现实,所以都不敢出声。显然,这可怕的预感应验了。

吉川像在找地方发泄怒气似的又问荒木。

"出了事故,为什么不马上联系?"

"开始以为一个小时左右就能通车,而且高速公路上的电话又忙,一直打不通。"

"那不是紧急电话吗?"

"说是跟普通电话不一样。拿起话筒,道路公团先接听,然后再托他们转接要联系的电话,很耗时间。尾津前辈说再堵下去就出人命了,好不容易才接通……"

水野以为高速公路上的电话也跟普通电话一样,只要塞钱进去就能马上接通,实际上并非如此。

"那还得多久能到?"

"不清楚,说一有眉目马上再来电话。"

"从都夫良野隧道过来,就算畅通无阻也得一个多小时吧。"

吉川讲师自言自语道,水野闻言点头,并将目光投向暴露在外有规律地搏动着的动脉。

普照大地一整天的太阳已经落山,取而代之的是升起在猛兽脊背般山顶上的皎洁的圆月。伴随着傍晚的到来,风也下来了,不过这风也就给人轻拂发梢的感觉,远未达到缓解炎热的力度。

尾津和村上关掉冷气,开着两侧车门双双把脚伸到车外。

刚才联系医院,得到手术已开始的消息。听接电话的医生说,髂窝已露出,与要移植的肾连接的髂内动脉和静脉也已分离完毕。

"早点联系就好了。"

"可没想到会拖这么久啊!"

本以为就算出了车祸也会开通一条车道,看来这想法太天真了。

"更没想到打个电话也要花那么长时间。"

尾津以为高速公路上的电话当场就能打到任何地方去,接通后才知道只能接进公团管制室。要联系其他地方,必须通过管制室转接。

"怎么搞得这么不方便啊?"

"他们说这是为发生紧急事故时准备的,要打普通电话,停车区有。"

"不管怎么说,往下是个大问题。"

事已至此,再后悔联系得太晚已没有意义。当前必须想想怎样尽快把肾送到。

"手术是五点四十五开始的啊……"

车上的时间已显示为六点二十分。荒木说五点四十五开的刀,现在已过了三十五分钟,准备工作肯定基本结束了。

"真要命啊……"

尾津想象着教授及其手下医护齐齐地等在手术室里的情景。

中央的手术台上,腹腔大开并已露出动脉和静脉的患者仰面而卧。围住患者的医生们身穿手术服,头戴手术帽,脸上蒙着口罩呆立现场无事可做;麻醉师为这不知何时终了的手术盯着心电图和血压表唉声叹气;护士也闲得难受,手术器具擦了一遍又一遍,或是变换摆放位置解闷。

"做手术的都有谁？"

"应该是教授和吉川讲师、主治水野还有另外两人。"

教授虽是个比较稳重的人，但这时难免也会暴躁。吉川讲师倒是挺会打圆场，不过面对这种情况绝对是破天荒头一次。

"刚才电话里说手术要中止吗？"

这是最让尾津闹心的问题，现在肯定已经做出了什么决定。

"我觉得会等咱们。一旦开腹连动脉都露到外面，就很难中止了。"

刀口已经开到动脉经过的腹腔深处，如果缝合，就得费两次工夫，对组织的损伤也比平常严重。要是半个月或一个月后再做手术的话倒是另当别论，但今晚肾送到后还得重新开始手术。

考虑到肾是在伤者死后五十分钟取出的现实情况，移植必须尽早进行，哪怕早一分钟也好。现在缝合，意味着一天之内要挨两次刀，再说开腹后因肾没到而把患者推回病房，这些实际问题都难以交代。

想想满怀期待翘首以盼的患者家属，除了一次性做完手术别无他法。

要是等肾送到的话，参与手术的医生们就不得不原地待命。当然，即便教授或部分助手可以暂时退出手术，也至少应留下一人看护患者。

除此之外，麻醉师和护士也是个问题。原则上，只要手术没做完，麻醉师就得保持麻醉效果；而这次的麻醉是要等一个不知何时才能送到的肾。负责手术的泌尿科医生暂时撤离,却只留麻醉科的医生坚持工作,这也太不近人情。而且护士那边也是,应该是硬要求她们四点以后加班的,让人家干等三四个小时,她们当然也会有不满情绪。虽说突发车祸事出无奈,但因拖得太久而提出中止手术亦未可知。

还有,最最关键的问题是患者的身体状况。要是这么等下去,那往后的四五个小时甚至六七个小时都要一直处于麻醉状态。

最近麻醉技术进步很快,麻醉时间再长也不是不可能,但麻醉六七个小时对身体的影响可不容忽视。特别是腹部刀口大开而又置之不理的话,会增加感染的危险并加重对组织的损伤。

"我觉得绝对会等咱们。"

正如村上所言,尾津也有这种感觉。

"只能赶紧送回去吧!"

"可是……"

说是"只能赶紧",可具体到实施手段上,却没有好办法。

"真要命啊……"

光长吁短叹可不行,不能再耗在这里浪费时间了。

渐深的暮色中,只有停在前面的卡车的硬铝外框上残留着一周亮白,尾津盯着它点点头。

"就这么办!"

尾津突如其来的决定让村上扭过头来。

"再去事故现场问问还要等多长时间。"

"不是说过不知要等到什么时候嘛。"

"不行的话,走别的路!"

"别的路?"

村上看看后面。后方也塞满了车,队尾终结在哪里都推测不出。

"这个阵势,回都回不去了!"

"走回去!"

"怎么走回去?"

"带着肾下高速!应该有出口能下去。"

"鲇泽停车区有,但从那里下不去吧?"

"哪儿都行!总之在什么地方下高速,然后再叫车。"

"路线不好的话,又得回御殿场了。"

"就算回去也比困在这里强!"

说实在话,现在尾津想活动活动身体,总之不逼自己动起来,心里的焦躁便会有增无减。

"走回去不如求警车帮忙送回去吧?"

"求警车送,没法往前开也是一样。"

"不过下了高速警车就快了。"

"当然,出了高速就找找看,不管怎么说现在先得把肾送到出口。"

"那走铁桥回去?"

村上有恐高症,满脸担心。

"当然,你就留在车里吧!"

"就没有更好的办法了?比如叫直升机出动。"

"不行吧!这么挤的地方降落不了!"

停车地点处于隧道入口前的山谷间,后面又有铁桥。

"不能从空中吊上去?"

"万一提包从半空中掉下来更不得了。而且叫了直升机,也不晓得什么时候来,费用也不好估算。"

"别急!东名高速上确实有几个地方,上下行车道之间的栅栏开了口,从那些口子穿过去应该就能到下行车道上。"

"可这儿是分开的啊!"

不巧的是,停车位置属于连接铁桥的高架路的一部分,下行车道则是位于他们正下方的另一条高架路。

"每隔四五百米的确有开口,请他们打开栅栏怎样?"

"现在就算开着,让后面的车都倒车也很麻烦。"

"怎么不早点采取这些措施呢?"

尾津也不清楚原因何在,不过就算那样处理,肯定也相当耗费时间。

"无论如何,还是回去的好。"

"那我再去前面打听打听。"

村上正要迈出车外,广播里传出路况信息。

首先播报了入夜后各地都明显开始拥堵的概况,然后直接点到了东名高速上的事故。

"东名高速上行车道都夫良野隧道事故处理进展缓慢,御殿场、大井松田之间仍无法通行。目前预计事故处理还需两到三个小时,今晚九点到十点或能开通。"

"不行……"

现在刚过六点半,假设到开通时最少需要两个小时,以后就算开足马力使劲跑,到医院也得十点半。这还是顺利的打算,要是情况有变再拖上一两个小时的话,那就到明天了。

"搞不好得露宿这里了。"

听了刚才的广播,周围车上也有好多人气不打一处来,从车里跳出来,嘴上开始骂骂咧咧。

"还是我去!"

尾津像在说给自己听似的,从后座上拎起装着肾的提包。

"我一下高速马上搭车奔医院,你留下来!"

"这真能行?"

"放心!"

尾津来到车外,将提包拎在手里掂了掂。稍有点大的箱型提包没多重,但想想里面的肾,就感觉心里紧张。

"我这就出发!"

"路上小心!"

尾津点点头,迅速转身背对隧道开始往回走。

路面依然被车塞得满满的,人们聚集在车子周围。所有人都干等了两个多小时,脸上表情透着疲惫与绝望。

大人们姑且不论,被卷入事故中的小孩子着实可怜。给直射到混凝土上的暑热连续折磨几个小时后,肚子很快也饿得咕咕叫了。

周围别说吃的,连滴水都没有。

返回鲇泽停车区的话,应该多少有点食物,但到那里太远。听不进解释的孩子们开始哭闹,有的孩子可能连哭闹的气力都没了,直接在车里睡了过去。再这样拖下去,饥饿、干渴、甚至排泄问题都将接踵而来。周围有草丛什么的倒好说,可铁桥上没有隐蔽处。

当然公团或警察在处理事故时会考虑到与此相关的这些问题,不过现在已经有些男的开始冲着混凝土侧壁小便了。这么多车进退不得,出现各种状况自是必然。

尾津穿过人车间的空隙向后方疾步走去。

车里出来的人们惊讶地目送着尾津的背影。就算两个多小时后坐厌了想出来走走,可向相反方向走,大概让人觉得难以理解。

尾津视这些眼神如无物,大步流星地只顾前行。不管谁说什么,他都得尽快转到普通道路上,搭车赶回东京。

没走几分钟,尾津就到了桥上。最高的桥柱高达67米,这在东名高速指南上看到过。每次过这座桥时,眺望与周围群山的绿色形成鲜明对比的红色桥柱已成一桩乐事。

但现已入夜,就算是大白天,也没那闲工夫再欣赏风景了。

尾津不像村上那么恐高,但在这样的高度上仍感觉不自在。探身向下窥视,正下方应该就是峡谷,不过真没那份心思。车停在桥上的人想必也怀有同样的心情。桥的前方,从车里出来的人相当多;而桥上车里出来的人却寥寥无几。

实地走走才知道,这桥长得出人意料。走到全长近六百米的铁桥中段时,尾津有一瞬间感觉脚下摇晃,不禁停下脚步。

地震?环顾四周,没见什么不正常的迹象,这才明白是风吹得桥体摇摇晃晃。

如果这里发生地震,那就直接倒栽葱跌进谷底了。

尾津快步疾行,忽地感觉在电影上见过与此类似的画面。

什么电影来着?反正也是在一座高高的桥上,一个男的在前面跑,另一个男的在他身后追。可能是部警匪片,好像是在黄昏将至的时候,天空同样燃烧似火。

那时虽然让人捏了一把汗,却也乐在其中,而现在可没那份闲心。

走了还不到十分钟,脸上脖子上就渗出了一层汗。日头虽已落山,气温还像是将近二十五度。

用竞走般的步速穿过铁桥再看手表,六点四十。

桥的后方,车也挤得满满当当。

这车阵到底排到了哪儿?听说高速公路上车祸发生的同时,各入口都会关闭,后续车辆会被指引绕到别的路上,但眼前看来相当数量的车子在事故发生后闯了进来。

当然,说是同时,实际上从发生到关闭总要多少花些时间的。

事故发生后,就算马上有人跑到最近的紧急电话边上也得五六分钟。接到电话,公团派巡逻车火速赶到现场,最少也需要十分钟。

现在被困住的车辆,肯定都是在那期间驶进高速的。

不过,即使在这么短的时间里,车子的数量也相当庞大。尾津只是走了这一段路,目测就排了大约二三百辆。

这样看来,尾津他们的位置应该是非常靠近事故现场了。

村上说东名高速上每隔一定距离,上下行车道的隔离带上就有开口,但就目前情况来看,就算有开口,让冲进来的车子调头也并非易事。

"回来果然是明智之举……"

尾津自言自语着,脚下更快了。

过桥后,上下行车道稍稍靠近了一些,其间仍用低矮的隔离带分隔开来。这两条车道并到一起的位置在哪里啊?在鲇泽停车区附近有能逃离高速的路就太好了,没有的话,就得再走很远。

只从地图上看,紧挨在东名高速旁的应该就是国道二四六号线,这条路笔直地通往东京,走这条路最近。

"总之,先到鲇泽!"

保存器并不重,可远路无轻担,拎得时间久了,手腕便酸软起来。步行产生的摇晃应该不会对里面的肾造成损伤,不过晃动还是越少越好。

尾津驻足将拎在左手的保存器换到右手后又迈开脚步。

车队中断在尾津又往回走了约十分钟里程的地方。过桥后车道先是右拐,然后像卷起山脚裙摆似的向左缓缓转弯。过了那里是段不长不短的直道,接着又开始略微右转。车队就在这段缓缓的弯道的中间位置排到了尽头。

退回了多远的距离呢?从近三十分钟步行后所到的位置看,差不多有两公里半到三公里的样子。

车队中断后方的二三十米处有条专用线,专用线前方能够看到鲇泽停车区的标识。

可能后面车里的人都走去停车区找吃的垫肚子了,停车区那边人影相当密集。

跟前面那些饿着肚子也没东西可吃的人相比,这一片的人不能不说多少算是幸运。不过,自动售货机里的东西像是基本上卖光了。

排在被困车队最末尾的是一辆灰色轻型面包车和一辆载重量四吨的卡车,它们后面停着两辆警车,红色的旋转警灯还在一亮一灭。

从现场并无事故车辆这点来看,警车应该是在此处待命,以防再有不知情的车辆进入。

尾津走近右边一辆,向坐在副驾驶位上的警官招呼道:

"还通不了车?"

看来警官已无数次被问过这一问题了,后者爱搭不理地应了一声:

"开通得到九点来钟吧。"

"那还有将近两个小时。"

"预定嘛,准确情况不清楚。"

"实不相瞒,我有急事,能请你们用警车送我回东京?"

警官反复打量尾津,像在奇怪你怎能说出这么厚脸皮的话。

"要说急,谁不急啊?"

"问题是我这儿带着肾!"

"肾?"

"大学医院做肾移植手术用的肾,从箱根送过来的。东京那边医院里手术已经开始了,肾送不过去,没法移植。"

两位警官惊讶地盯着尾津。

"你是什么人?"

"我是城西医大的医生。车就停在前面靠近隧道入口的地方,走回到这里来的。这里面的肾不赶紧送去就麻烦了。"

"肾怎么在这里头?"

"肾是死在箱根医院的人捐的。死后稍过了些时间,所以必须赶紧送去。"

警官歪着脑袋,像是还没听明白。这时旁边车上年长的警官从停车区走了回来。尾津又对这位警官原样解释了一遍。

"没有这个,特意准备的手术就白费了,连肚子都切开了!"

两位警官你看看我,我瞅瞅你,年长的警官问:

"真是肾?"

"绝没说谎!这是肾移送专用包。"

"可以看看里面?"

"这可难办！里面是无菌处理,还用冰块保着温。"

尾津后悔没带工作证出来。亮出证件,说不定他们就相信了。自己光穿件开领衬衣,拎个黑包,遭人怀疑也不为过。

"详情以后再解释,你们不能想办法派辆警车？"

"说得轻巧,这路可……"

"姑且往回走,再看看能不能从什么地方上条支路回东京？真的很急！"

"好麻烦啊！"

"求你们了！肾送不到,开了膛的病人可能会没命的！拜托！"

尾津连连鞠躬,年长的警官看似一脸无奈地拿起了无线对讲机。

手术室里,只有麻醉机跟相连的呼吸气囊的声响及心电图的电子音单调地重复着。

仰卧手术台的患者身旁,主治医生水野正独自看护着前者腹部上切开的刀口,患者头部那边麻醉师在盯着血压检查麻醉状态。再就是杂务护士查看点滴情况,捡起掉落地板上的纱布时拖鞋的响动,除此之外,房间里一片静谧。

二号手术室里,这种状态已持续了二十多分钟。

得到东名高速中途发生车祸、肾送达时间大幅延后的消息后,奈良原教授想了一会儿做出决定：

"不管怎样,等吧！"

无论手术拖多久,不管给麻醉师和护士们添多大的麻烦,既然到了这份上,就不能再回头了。

"肾送到前,一次一人轮流守在手术室。"

按教授的指示,主治医生水野最先留下,其他医生脱掉手术服退了出去。

吉川讲师向麻醉师说明了事态的紧急性并恳请其配合,同时也向手术室主任做了一番解释。

"知道了。"

麻醉师表示理解,但显然很不情愿。

手术室主任叹了口气,说了声"真难为人啊"!好歹也点头同意了。

谁都没错,只不过是卷进意想不到的事故中迟到而已。事到如今,只能感叹运气不佳,除了坚持到最后,没别的办法。

"最好也对患者家属讲讲迟到的情况。"

起初讲的是手术两个小时就能结束,现在已过去了近一个小时,即便事故处理马上结束顺利送达,也得花将近两个小时。手术时间长得异样,只会使家人徒增不安。

"我在屋里,有什么事随时联系!"

教授说完,摘下口罩出了房间。

接着,吉川讲师说了句"我去跟家属说一声",也出去了。

另一位助手小笠原道声"不好意思",低着头离开了手术室。

面对留在手术室里的水野,大家脸上都挂着歉意。可话说回来,医生护士全留在手术室也毫无意义。只是在肾送达前看护刀口而已,有一位医生便足够。

话虽如此,所谓"看护",并非只是傻呆呆地盯着。已经切开的刀口放置一段时间就会因微量渗出的血液而凝结,费时费力露出的血管或肌肉周边则会发黑变干。为防止这些状况发生,水野要不断蘸生理盐水湿润刀口。五六分钟处理一次,反复加湿以保持组织的鲜度。乍一看,操作起来很简单,然而一不小心就会损伤组织,并有感染的危险。

不管怎么说,刀口开放时间太久不是好事。

水野第四次洗净刀口后,看了看手术室的钟表。

六点四十五,距开刀已有一个小时。

通完电话后,尾津他们怎样了?说是绕开出了车祸的东名高速走别的路回来,可到底什么时候才能到啊?卷进事故中的同事确实左右为难,可等在手术室里的水野也不容易。

腹腔已切开,连动脉都暴露在外了,却只能呆立着无计可施,而且还得一直被麻醉师和护士无聊至极的眼神盯着。这种经历水野头一次体验。这哪叫做医生啊,只不过是个刀口守卫员罢了。

不知水野第几次长吁短叹时,门开了。

水野急忙回头,进来的是麻醉科的医生。

他向水野轻轻点点头,走向身处患者头部一侧的麻醉师。

"换班。"

之前负责麻醉的医生闻言,如释重负地点点头。

"目前没什么特别的异常。"

两位麻醉师交谈几句后,先值班的医生离开了手术台。

"非常感谢!"

拖拖拉拉这么久,水野带着深深的歉意鞠躬致谢,麻醉师则抑制着被解放出来的喜悦,道声"先走一步",出了手术室。

没过几分钟又进来一位,这次是个护士,跟之前的护士换了班。

可能的话,这时候水野也想换换班。

开始以为会多少拖延些,便在进手术室前小便了一次,现在又觉出尿意了。再就是因为出汗,后背那一片黏糊糊的;更讨厌的是右脚的脚气还奇痒无比。

可能的话,想去撒泡尿,再把内衣和手术服从里到外重新换一身。

但换班的没来,自己就不能离开。

不会只把我一个人留在手术室,别人都回去了吧……

水野心里越发没底。又抬头看墙上的表时,小笠原医生开门进来。

"听说刚才没多会儿,尾津前辈提着包坐上警车了。"

"在什么地方?"

"现在像是要下东名高速,从小山附近上国道二四六号线。"

"小山?那不是离御殿场不远?"

"前面过不来,看样只能倒回去走普通车道。"

"那样花时间更长!"

"我来替班!"

水野看看小笠原。

"你今晚不是要去接你老妈?"

"本来是,算了!"

"现在去还来得及的话,就去吧!我去解个小便换换内衣就好。"

"可是往下还有两个小时哪,这么长时间一直憋在手术室里,太累!"

"只是站这里嘛,没问题。"

"老妈那事已经办妥。刚才用新干线的电话联系过,说明白不能去接了。"

小笠原说着,来到手术台前掀开纱布。

"得不断蘸生理盐水,注意别让刀口干裂就好。"

"光这样就行?"

"想干别的,也没的干。"

小笠原盯着刀口点点头。

"患者家属想见见前辈您。"

"迟到的情况,吉川讲师讲过了?"

"可能还是想听听主治医生亲口说吧。"

"坐警车从小山过来确实无误?"

"我没直接听到,说是联系教授了,应该不会错吧?"

"那就拜托你了。"

水野拍拍小笠原的肩膀走出手术室。回到准备室,摘下帽子、口罩使劲吸了口气,然后又做了几个深呼吸,脱掉手术服去厕所尿了个痛快。

"他妈的,顺利的话,现在都喝上啤酒了!"

搁在平常日子,六点手术结束,已经泡过澡喝开啤酒了;而今天这手术一半都没搞定,并且连什么时候能做完也没个准数。

"所以嘛,移植真麻烦……"

合着老调的旋律,水野嘴里哼唱着,用毛巾咯哧咯哧地擦起后背,然后又套上内衣,穿上白大褂。虽然没跟小笠原定好,不过离开手术室三十来分钟应该没问题。

水野简单梳理了一下头发,推开手术厅通往走廊的门。面前站着两位女性,是岩崎正纪的母亲和妹妹。

"大夫,怎么回事?"

两人像是突然找到依靠似的上前问。

"没问题!听吉川讲师讲过了吧。"

"肾还没……"

"确实还没来。不过,说是坐上警车了,应该不会太晚的。"

"手术真能做?"

"只要肾送到,马上就好。现在的状态,随时来随时都能移植。"

"那现在是切开肚子等着肾送到吗?"

"按计划切开了,再缝合太可惜,开着也不用担心。"

"麻醉也还有效？"

"麻醉科的医生一直跟着，不要紧。"

母亲点点头，还是一脸难以接受的样子。

"到底是用别人的肾太自私自利吧！"

"没这种说法，只是不巧碰上事故罢了。"

已达到现代医学顶峰的手术，因为这点理由就放弃的话，实在说不过去。

"轻言放弃可不行！"

水野劝慰着患者母亲，有一半也是说给自己听的。

🕐 初更①

　　富士山的轮廓模模糊糊地浮现于夏日夜空。山顶部分隐藏在天幕中不甚清晰，而借着万家灯火则可将山脚下坡度平缓的原野地带看得清清楚楚。

　　尾津的目光追逐了那片灯火一会儿，又回到手表上。

　　七点十分，放弃前行、离车折返后已过了四十分钟。

　　警车在关闭入口后不见一辆车影的高速公路上向御殿场方向疾驰。

　　四个小时前，尾津他们曾行驶在这条路上，没有一丝担心。他们当时坚信再过一个半小时就能抵达医院，取出的肾当即便可植入病人体内。

　　那时跑在同一条路上，方向却跟现在相反。

---

①初更：旧时每夜分五个更次，初更指晚上七时至九时。

尾津坐在警车后排座上，驾驶位和副驾驶位分别坐着两位警官。

在坐上警车前，尾津对道路构架的认识有点错误。地图上，小山稍往前就是东名高速跟普通道路交汇的地方，所以尾津认定沿这条路过去就能到达国道二四六号线。

但交汇点仅存在于地图上。现实中，普通道路建在高速公路下方，距路面相当远。

"要去二四六号线，得先折回御殿场。"

经警官提醒，尾津才刚刚意识到二四六号线跟高速公路间是呈立体交叉态势的。警官无可奈何地对慌里慌张解释情况的尾津点点头：

"不管怎样，姑且送你到御殿场。"

蒙警官一片好心让自己坐上警车。而从地图上看，相比三个小时前，实际上一步也没前进；岂止如此，距离上甚至还后退了十几公里。

但现在只盼早一刻找到支路驶往东京，没别的办法了。

"话说到箱根来取肾，您这医生也够辛苦啊！"

副驾驶位上戴眼镜的警官表示出同情。

"不光在医院里给人看病啊。"

尾津不想听这些，更想追究他们为什么不能快点处理事故。

"不知道出了车祸而闯进高速的那些车就只能在那儿干等？"

"八车连环撞，又是在隧道出口，不是能轻易解决的。"

副驾驶位上的警官盯着前方答道。

"上下行车道间不是有栅栏嘛,而且还能开开不是?!"

"那是为紧急情况准备的,不到万不得已不能动,至今还从来没开过。其实,像今天这么多车冲进来,就算折返回来也很麻烦啊!"

"我们都快到隧道入口了才发现有事故,再早点发出警告或者关闭高速就好了……"

虽说无意责备让自己坐警车的警官,但尾津说着说着气就不打一处来。

"事故发生后过了多久,警察才禁行的?"

"二十来分钟吧,接到第一个报告是在快到四点的时候。"

尾津他们四点五分停的车,那时事故现场后面已经挤满了相当多的车辆。

"再早点禁行的话,不少车不就可以避免开进高速了?"

"理是这个理,不过我们不可能老是盯着高速公路。出车祸后,相关人员打来电话再赶往现场。在现场调查的基础上判断需要关闭时才执行,当场怎么样这种说法是行不通的。"

"但这次不就花了很长时间?"

"接到报告后十五分钟左右。从事故发生时间来算,大概有二三十分钟吧。"

东京到名古屋之间地域广阔,这一区间的高速公路从事故发生到入口关闭,花费这等程度的时间应该也在情理之中。

"这一带一分钟有多少辆车经过?"

尾津望着左侧畅通无阻的下行车道问。

"这也得看日子分时段,一年平均下来,应该是平日三万辆,周日或节假日三万五六千到四万辆的样子。"

"这么说,一个小时……"

"御殿场到大井松田之间,下午两点至三点一个小时的交通量,估计有一千三到一千四百辆。"

副驾驶位上的警官虽然年轻,却看似好学上进,对答如流。

"那一分钟……差不多有二十二、三辆。"

"这是全年的统计数字,像现在这样的暑假,计算上最好再加两三成。"

"那么是三十辆?"

假设一分钟过三十辆车,二十分钟六百辆,过去三十分钟后,近九百辆车在事故车辆后面穿起了佛珠。尾津在脑袋里算着数,叹了口气:

"九百辆车开进来,都倒回去也很麻烦。"

"就算转到旁边的车道上,光是倒车就很耗时间,而且这又会给下行车道带来大拥堵。"

在车里等的时候,感觉警察及公团的处理方法漏洞百出,而实际听他们说说,也觉得不无道理。

"那么开进去的车,只能待在那里等处理结束喽?"

"很遗憾啊,从眼下的情况看……"

"折回头来是正确的决定吧……"

尾津想确定自己的行动是正确的,但警官一声不吭未置可否。

不多会儿,前方出现一片光艳的霓虹灯,游乐园观览车的圆轮浮上夜空。霓虹灯是高速公路两旁鳞次栉比的情人酒店的照明。

"马上到御殿场了,怎么办?"

听警官问话,尾津将视线从窗外收回。

"二四六号线是出了入口右拐?"

"出去就是,不过可是相当堵啊!本来走东名的车现在全都从御殿场下来了。"

"可也没别的路不是?"

并非没预计到支路也会拥堵,可是眼下,不走这条路还有别的选择?

"到东京得用多长时间?"

"平常也得三个小时吧。"

走东名高速到东京入口大约用一个小时,本以为一般道路两个小时多点就可以跑完,这判断显然太天真。

"今天出事堵车,四五个小时都有可能!"

尾津现在开始明白在隧道入口前宁可没完没了地干等,也无意挪窝的司机们真正的心思了。等着通车的确让人心急火燎,然而把车开出来未必就能到得更早。经常来往的司机对那一路段的情况应该都了如指掌。

"旁边只有二四六号线一条路。刚才来通知了,御殿场到小山之间已经堵了四公里。"

要是再被堵在下面的路上,等在高速上的村上反而先到的话,折回御殿场就没意义了。

"没别的办法了?"

尾津上半身探向前面,像在寻找救命稻草似的问。

"病人肚子都切开了,正等在医院里哪!"

尾津叹了口气,咬咬牙试探着央求道:

"能请你们直接送我到东京?"

两位警官像是对视了一瞬间。经过短暂的沉默后,副驾驶位上的警官说:

"我们是为高速公路上的事故给派来的,很遗憾,不可能送你到东京。"

他们说的不无道理。让自己搭警车从鲇泽到此地这件事本身,对他们来说肯定也是额外的奉献了。

"那能请你们找找别的车?警车、急救车都行……"

手握方向盘的警官似乎有点不高兴。他像是想说,给个好脸,你这家伙真就不知天高地厚了?

"我知道这太强人所难,可手术确实已经开始了啊!"

如果移植失败,又得开始透析,命倒是能保住,但此前做的努力则全都打了水漂。再次得到捐肾的机会难似登天不说,肚子都豁开了却没能移植,对患者的精神打击也无法估量。

"真的是人命关天啊!"

警车在御殿场入口前停下。因为天黑,高速公路前面有灯光在闪烁。几位警官出动,引导名古屋方向驶来的车开往普通道路。可能是这个原因吧,由入口驶向二四六号线的路面上车辆排布密集,从上面看去,如同光影队列一般。

"无论如何求您想想办法!"

尾津再次恳求,年轻警官回过头来说:

"情况了解了。就算现在要求急救车出动,到东京也得花很长时间吧!您也知道,二四六号线中途变窄,从秦野开始还要通过厚木、大和街区里面。"

"拉响警笛,情形会大不一样吧。"

"这种堵法,就算喊让开路,也让不开啊。"

"就没别的办法了?"

"那你干脆去小田原怎样?"

"……"

"从小田原搭乘新干线的话,四十分钟就能踏踏实实地回到东京。那可比走二四六快得多!不过,到小田原得多少花点时间。"

"怎么能到小田原?"

"从这里往跟二四六反方向的乙女岭那边走,从仙石原穿过箱根街道怎样?"

"那又要折回刚才来的路?"

"这不就是最快的?那边可不像二四六这么堵。"

尾津对箱根周边的道路不怎么熟。只是,现在要翻越乙女岭回箱根的话,那就相当于白天一步也没往前走。

"那样快吗?"

"绝对快!开着车没办法,你是一个人嘛,坐电车最好!"

"从这儿到小田原得用多长时间?"

"就算堵车,一个小时多点也够了。"

尾津盯着座位旁边的保存器。黑色箱型提包外观没变,而里面的肾取出后已过了近五个小时。

不早点送到的话,鲜度真要降低了,塞在保存器里的冰也会一点点融化。

"怎么办?"

警察问。尾津点点头:

"那走小田原试试!"

不知何时能到东京,现在看来只剩这一招了。

医务室里,奈良原教授及其他十几位医生都在。

搁平常,过了七点,手术早已结束,留在医务室的一帮人喝啤酒喝威士忌,都该醉得差不多了。但因今天有教授主刀的手术,而且还停在一半迟迟不完,所以几乎所有人都留了下来。

"这么说现在尾津君在御殿场?"

教授抱着双臂问身旁的吉川讲师。

"他说这就要去小田原坐新干线。"

"从御殿场到小田原,那不是得经过箱根?"

"说的是啊,不过好像那样最快。"

在场人员各自在脑袋里画着御殿场一带的地图,想象着直达东京的路线,浮在眼前的还是只有东名高速和二四六号线这两条路。不成的话,就得北上或南下。其中的南下,就是尾津将要走的路线,经箱根向小田原进发。

"走中央高速怎样?过不去?"

"不行吧!那比去小田原还远,东名高速禁行,中央高速也会堵。"

"肾不要紧?"

比水野早一期的吉田问。他前些日子去千叶县那边取过肾,在肾移送方面颇有经验。

"放在保存器里带着倒是没错。不过,取出来已经将近五个小时了。"

"里面是冷却剂?"

"不是,应该塞了冰块。"

虽然对这冷冻状态不无担心,但现在也只能靠尾津了。

"那他已经往小田原去了?"

"刚刚没多会儿来的那个电话说搭上出租车了。"

"从御殿场到小田原,没一个小时可不行,那边不堵?"

"谁知道……"

吉川讲师突然扭过脸去,接下来是一片沉默。水野甚至感觉喘气都越来越困难了,他干咳了一声说:

"那几点能到医院?"

"从御殿场到小田原一个小时,坐新干线四十分钟,这么算,到东京最早得九点。然后再赶到医院,九点半吧……"

水野轻轻叹了口气。

不到六点就给患者开了刀,到十点的话,就得开着肚子等四个多小时。

真能等到那时候?就算可以说服麻醉师和护士再忍耐忍耐,可患者自身的体力能坚持下来?水野偷偷环顾室内,有耷拉着头的,有歪着脑袋的,还有抱着胳膊紧盯天花板不知在琢磨什么的。

在一片沉默中,水野想起麻醉前患者的表情。

"大夫,我没事吧……"

正纪稍有点湿润的眼睛直盯着水野。那眼神在竭力掩饰不安,像在说一切都交给您了。

必须对得起这双眼睛。虽说还在手术当中,但只知蛮干不算本事。不行的话姑且撤退,等待第二次机会未尝不可。申请中止手术吧……

水野下定决心正要开口,教授看看水野问:

"患者母亲应该提出过供肾吧?"

突如其来的一问让水野不知所措,他稍顿了一下答道:

"之前有过一次……"

"现在还有这打算?"

"有倒是有,不过她贫血挺严重,不合适……"

"他父亲怎样?"

"您说'怎样'是指……"

"健康?"

"当然,健康……"

"在哪儿工作?"

"商事会社,K商事,大概是个部长。"

"疼儿子吗?"

"唔,当爸爸的嘛。"

听到这里,教授点了一下头又说:

"验验这孩子父亲的血吧。"

"验血?是要……"

"可以的话,让他供肾。"

瞬间,在场医生中间发出一阵低低的叹息声。

"摘除父亲的肾?"

"要是组织相容性匹配——好容易都走到这步了嘛!"

"可他父亲那边还什么都没……"

"你去说说,把事情解释清楚了,应该能理解。"

水野做梦也没想到教授会提出这么个方案。

"真要这样?"

"事到如今,说不定这是个好办法。这种时候,做父亲的也能同意吧?"

"……"

"不管怎么说,该验的先验验看,我在教授室。"

教授说着，扫了一眼手表站起身来。

黑暗中突然有树木浮现出来，随着光影的移动，瞬间又消失在黑暗之中。

出租车穿过乙女岭隧道，开上了前往仙石原的路面。

离开御殿场驶往乙女岭的时候，夜空中尚残留着一丝光亮，从隧道出来时则已是深夜了。

往来的车辆全亮着前灯，每次拐弯都鸣响喇叭呼啸而去。算不上爬坡，车道在繁茂的草木间蜿蜒前行。要在白天，仙石原肯定一览无余尽收眼底，而现在视野内仅有夜幕下各家各户七零八落的灯火。

尾津正出神地凝望着那些灯火，车载广播整点报时，现在是八点整。

七点三十分在御殿场搭上出租车，也就是说到这里用了三十分钟。

"现在到小田原还要多久？"

司机没回答尾津的问题反问道：

"还是走旧道吗？"

"旧道是从强罗下到汤本？"

"这是最近的，不过路挺窄。照这速度，相当花时间。"

一入夜，驶往箱根的车辆就迅速减少，历来如此。但因东名高速禁行，像是有一部分车绕到了这里。

"是不是大都从御殿场上二四六号线了?"

"不一定,去湘南那边的车不是也绕到这边了嘛!"

"不走旧道的话走哪里?"

"有个办法,先到元箱根,从那里走收费公路下来。"

说到元箱根,其实就是箱根医院所在地。下午三点离开那里,现在又得折回,悔之晚矣。

"箱根收费快车道,今早刚爬过。"

"从那里下去大概能快一些。"

"可那得绕很长一段路吧!"

"从那边绕的话,确实不如先去芦之湖天际线,再越过长尾岭直行就到。"

尾津对箱根的地理详情不是很了解,假如现在绕芦之湖返回元箱根,那意味着要按下午跑过的路线原路折返。

"绕过去到小田原得用多长时间?"

"怎么说也得一个小时。"

尾津听了都想哭。这就跟取出肾后在芦之湖慢慢悠悠地玩了一下午一样。

"真要命啊……"

大学医院那边怎样了?在御殿场打电话时,听说已经开腹,就等肾送到了。

如果去小田原坐新干线反而比村上开车还慢的话,真弄不明白跑回来图个什么!那样肯定会被埋怨,当初就该一动不动地等在车里。

但那时真不可能再在车里等下去了,抱着专程取出来的肾在车里干等三四个小时实在说不过去。

事实上,刚才广播也说了,东名高速事故处理将在接近九点时结束。如果路况信息预报准确,就算现在花一个小时去小田原,应该还是自己这边多少快些。正左思右想,司机问:

"客人,怎么办?"

"怎么办都行,总之要快!"

"那走收费公路吧?里程上倒有点远。"

"可那边快吧?"

"不实际跑跑也不敢说,旧道在塔之泽附近堵住的话可就完了。"

"就走这条路吧!"

事已至此,只能任由司机打算了。绕远路多花钱什么的,眼下都顾不上了。尾津点燃一支烟,有点听天由命的感觉。

同一时间,村上还呆坐在都夫良野隧道入口前的车里。

四周已笼罩在黑暗中,高速公路上只有被困车辆里的光亮星星点点绵延不断。不过因长时间亮灯会造成电池耗尽,多数车仅开着室内灯而关掉了前灯。

车祸发生后已过了四个小时,有人像是在车里睡着了。事故处理时间过长,让人焦躁不安;腹中饥肠辘辘,又令人坐立不安。在车边兜圈子的人现在可能也彻底死了心。车外几乎不见人影,长长的车队在黑暗中寂静无声。

入夜后,感觉气温比白天大幅下降,可即便这样,仍像是有二十七八度。

人关在车里,全身都在微微冒汗。

长时间被迫停在同一个地方,周围车辆之间渐渐熟络起来。这位车主将自带的蛋糕送给邻车孩子吃,邻车为表达谢意回赠水壶里的茶水,诸如此类的场面到处可见。

但带着食物与水的人终归太少,大半处于没吃没喝的状态。

可能警方也开始担心了。就在十分钟前,有通知说他们将委托御殿场的商户开车送来便当和饮料。这些车一来,至少饥饿和干渴应该能暂时得到缓解。

然而,问题是何时恢复通车。

就算有八辆车在隧道内连环追尾,可为什么会花这么长时间?这种不满情绪集体爆发出来,甚至一度出现跟警车里的警官发生言语冲撞的一幕。但听警官解释说,现场洒漏大量燃油,清理起来意想不到地耗费时间时,大家都沉默不语了。

尽管方法上可能多少有点笨拙,但很显然事故处理方肯定也不想故意拖延时间,所以再怎么责备他们也无济于事。

这样一想就不必着急上火了,只要安安稳稳地等着通车就好。

村上又一次劝慰自己,身体后仰靠在了椅背上。

不管花多长时间,反正肾已由尾津前辈带去御殿场,感觉自己已放下重担,剩下的只是等事故处理完返回医院。

可肾到底能不能顺利送达东京呢?

送走尾津后,村上没关收音机,一直在听路况信息,得知支路二四六号线也异常拥堵。御殿场前面的厚木一带车辆积压长达十五公里,几点才能从这些车辆间穿过去到达东京啊!搞不好,说不定自己先到呢!

其实,尽管周围乘客等得这么心焦却仍没打算离开,就是因为了解到支路也堵得不轻。

只因一条路受阻就变成了这副模样!

假如有大地震什么的发生,上下行车道都堵上该怎么办哪!

全国各地都在建高速公路,还都在炫耀速度化。看来这纯粹徒有其表,只要有一点闪失,这速度化反过来就可能要了人的命。

虽说以前没有高速公路,也不像现在这么快。可封掉一条路后也不会出什么大不了的事。

而现在过度依赖高速公路,反倒暴露出极大的弊端。

村上对现代繁荣的脆弱性有了新的认识。

要是这里爆发战争,敌机入侵,只需向高速公路投下几颗炸弹,日本经济瞬间就会陷入瘫痪。就是因为所有的运输都集中在一条高速公路上,这瘫痪才更致命。

"真要命啊……"

黑暗中村上叼着烟长吁短叹。四周只在打火机火苗亮起的刹那间才浮现出来,火一灭,一切又陷入了黑暗。

抽完一支烟,再瞅时间,八点十分。

肾交给尾津前辈倒真是放心了,说实话,自己今晚本来是有个约会的。

对方是个 OL,去年短大①毕业,在青山②一家与食品有关的公司上班。

一个月前,由高中时的朋友介绍,村上认识了她。起初感觉极为普通,聊着聊着,从喜欢的音乐说到最近的社会问题,看得出她话题丰富头脑灵活。虽然并不是多漂亮,胖乎乎的却煞是可爱,身材也匀称。她爸像是在银行工作,女孩身上有着殷实之家的温文尔雅。

学生时代起,村上就交往过几任女友,但像她这么沉稳的类型并不多。

本来跟这位女友约好七点在涩谷的咖啡馆见面。

早晨去箱根时,想起了跟她的约定,不过当时打算的是过午返回,傍晚前手术结束。

结果弄成了这样。

堵在这里意识到七点来不及时,已经没法联系她了。

当然,像尾津前辈联系大学那样打个紧急电话倒也来得及,可为不能赴约这种事用紧急电话,难免要遭训斥。而且在肾赶得上

---

①短大:即短期大学,日本以培训步入社会后将直接运用的技能为教育重点的大学。

②青山:日本东京都港区的一个区域。

手术与否尚未明了之时,也不可能提她的事。

没有自己的任何消息,她会怎么办呢?她心眼实在,说不定已等了一个多小时,估计现在等得不耐烦,该遭她厌了。

"不会,把话说清楚,她肯定能理解。"

村上安慰着自己,又在黑暗中抽起烟来。

晚上八点,城西医大中央手术厅二号手术室里,围拢在患者身边的有泌尿科的小笠原医生、麻醉科的中村医生及器械护士吉田三人。另外,杂务护士小石、麻醉科的广田护士刚才也在,不多会儿前各回各的值班室了,眼下没在手术室。

房间中央的手术台上,仍躺着腹腔洞开的岩崎正纪。

无影灯下,刀口状态跟三十分钟前基本没变化。长达二十厘米的刀口中央,髂内动脉露在外面,下腹部皮下组织环绕其四周。

一度有缓慢渗血现象的小血管现在也不出血了,只有髂内动脉的搏动还能证明这仍是一个活体。小笠原医生又用生理盐水洗过一遍刀口,用白色纱布蒙住后叽咕起来:

"这真不是个办法啊⋯⋯"

手术中断已超过一个半小时,从最早开刀的时间算起,则有两个多小时了。

"以前用时最长的手术是多久?"

小笠原问麻醉科的中村医生,脸上满是过意不去。

"有过一次脑瘤手术,三个半小时⋯⋯"

脑外科手术多半用时较长,医生根据实际情况安排手术时间原本很正常,但情况跟今天这样无所事事地光是干等显然大不一样。

"全身麻醉的安全时间范围最长是多久?"

"没有特定的时间范围……"

"五六个小时没问题?"

"算是吧……不过,时间长的话,麻醉深度应尽可能降低。"

"现在就是这样?"

"应该在浅睡眠状态。"

小笠原点点头,轻轻碰了碰刀口边缘。预计手术时间较长,实施了浅度麻醉,但对碰碰刀口这样的刺激没有任何反应。

"为等肾来急成这样,我们也是头一次。"

小笠原说着微微低头向麻醉师表示歉意。

同一时间,主治医生水野正在泌尿科 301 号病房跟岩崎正纪的家人面谈。

窗边是正纪休息用的病床,床前有两把圆椅。患者父亲经太郎跟母亲文子坐在椅子上,女儿朋子则坐在稍往后些的床边。

水野也坐在圆椅上,背对门口,面冲三人。

病房是双人间,水野身后还有一张病床。

水野将肾经箱根向小田原方向移动的情况告知了三位家属。

"这样安排肯定能快一些,不过箱根那边路好像也挺堵……"

三人都通过广播了解了事故现状。

"发生这种事,作为我们,完全无法预测……"

"那么肾几点到?"

刚才一直沉默不语的经太郎开口问。

"最晚九点前应该能到小田原,从那儿坐上新干线,十点到东京站,要是三十分钟到医院,十点半……"

"十点半啊……"

经太郎看看手表,用抗议的口气说:

"还有两个多小时啊,孩子的身体能扛得住?"

"这一点,由麻醉师负责照看……"

"可上手术台就已经两个多小时了啊!"

"实在对不起!"

见水野躬身致歉,可能意识到自己的话太重,经太郎语气缓和下来:

"当然并不是要责怪大夫您,这样下去,孩子太可怜……"

"所以,有事跟您商量。"

水野迎着三人的目光,深吸了一口气。

"可能的话,能请家人供肾吗?"

瞬间,三人面面相觑,稍顿了一会儿,经太郎问:

"家人供肾?是用我们的肾?"

"医院认为还是这样稳妥些。"

"可这之前……"

经太郎朝妻子那边看看。

"此前孩子妈妈确实申请过供肾,但贫血严重不可勉为其难。现在可能也还是不行……"

水野在盯着经太郎的同时,对方的视线也落到水野脸上。

"那是要我的肾……"

"可能的话……"

接下来屋里一片寂静,寂静中母亲与女儿一直垂着眼,经太郎抱臂胸前盯着半空。

"这种事本该多花些时间慢慢商量,可事情来得太突然……"

三人可能都被这突如其来的话题搞晕了,没一个人搭腔。

"当然,能理解有这样那样的情况,并不是非要怎样。"

经太郎像是总算镇静了下来,他松开抱着的胳膊。

"可现在肾不是正往这送着吗?!"

"的确正在赶来,可就算送到,也过了十点,取出后已超过将近八个小时。当然送达后要进行全面检查,总之过得时间太长,肾的状态就会受影响。"

"就是说送到了也不能用喽?"

"应该不会,不过夏天天热,带在身边的时间又长,大概不一定是最佳状态。"

"可告诉我们说没问题才一直等着的啊。"

"的确是这样,如果孩子爸爸您能谅解,我们在想要不要直接缝合。"

"缝合？什么意思？"

"这样等到十点，要移植的肾当然不必说了，令郎自身也不敢说是最佳状态。"

事已至此再提死体肾不能用未免不合情理，但死后过了些时候才取出这一事实在医生们心中始终是个解不开的疙瘩。

生前取出的，或者至少死后马上取出的肾另当别论。在接近移植限度一个小时时取出，又存在保存器内近八个小时，将这样的肾植入因长时间麻醉体力消耗殆尽的患者体内，应该说稍有点冒险。

"那不用我的肾就没办法了？"

"并非如此。只是您若有意，我们可以先做个血检。"

"做血液检查？"

"检查血液，确定组织相容性。"

"如果匹配，马上就可以摘除我的？"

"要是条件合适，您又能答应，今晚姑且缝合，过几天就可以安排。快的话，孩子腹腔保持现有状态就可以。"

经太郎上半身魁梧的身影淡淡地投落在夜晚病房的墙壁上。

突然被要求供肾，经太郎肯定狼狈到了极点。他稍稍歪着脑袋，身体看似纹丝不动，其实放在膝盖上的指尖正在微微颤抖。

水野盯着他颤抖的指尖暗忖，如果将自己置于跟经太郎同样的处境，自己又会怎样呢？

儿子肾功能衰竭，假如置之不理，那他将形同废人。能救孩子命的只有肾移植手术，本以为总算抓住了机会，肾却没来。说是在送来的路上,可什么时间能到,却无人知晓。

就在这个节骨眼上,医生要求自己供肾给儿子。

健康人有两只肾,少一只也能活下去。

"还留着一个呢!"说得没错,只剩下一侧的肾确实也没什么妨碍。

但为把肾取出来,侧腹部得开条十多厘米长的口子,而且必须住院半个月左右。

向公司请假,在健康的身体上留下伤疤,尽管要忍受痛苦却能将肾移植给儿子。是这样吗?万一摘除后,剩下的一个有问题的话,这回就轮到自己有可能没命了。能冒这样的风险把肾给孩子吗?

水野有个一岁的女儿,如果现在有人要求自己把肾给她,那自己也得反复掂量一阵子。

如果说不供肾当即死亡的话,说不定还能狠下心来。即便如此,到了紧急关头还是难免畏缩不前。

"用今晚送来的肾就是不行吗?"

像是忍受不了这沉默的煎熬了,母亲文子问。

"当然不是不行,只是觉得要是有这方面的意思,就可以暂且缝合刀口……"

"缝合了还能再做手术吗?"

"短时间缝合,血管也原样不动,两三天之内的话,比较起来,倒是更简单……"

经太郎跟妻子女儿三人在病房昏暗的灯光下垂着头一言不发。

从水野坐的位置可透过窗户看到对面高楼上的电光钟表。

刚好，表上数字在夜空中从"2019"变成了"2020"。

像是在等着这一刻到来似的，背对窗户的经太郎缓缓抬起头。

"倒是不反对把肾给儿子，只是工作方面……"

要求身为一个家庭顶梁柱的男人停下工作取出肾来，这实在太残酷。虽说摘除一个肾对身体确实没有大碍，但因做手术要住院，对事业方面的影响就不能说不大了。这些道理水野也心知肚明。

不过眼下情况紧急，儿子已腹腔大开，本以为万无一失的肾却迟迟不到，正因为并非一般事态，才硬要他做决定的。

"总之，事情太突然……也不可能明天马上就不上班了……"

"那先抽点血怎样？也好检测检测组织相容性。"

经太郎低着头没吭声。他身居商事会社的部长之位，工作上要应酬，高尔夫也少打不了吧，皮肤晒得厉害。他的侧脸在病房暗淡的灯光下看起来很黑。

"最多可以拖三天，还不行吗？"

"大夫……"

突然，母亲文子抬起头。

"请别用孩子他爸的肾，要用就用我的吧！反正我也没有工作什么的。"

水野盯着义子摇摇头。

"前些日子给您验血时应该已经解释过了,您贫血严重,不行的……"

"早该治好了吧!再验验我的吧,求您了!"

文子深深低下头。水野望着她担心的样子,不免对旁边的经太郎生起气来。

妻子文子身材瘦小,体重不足五十公斤。相比之下,丈夫经太郎大大超过了七十公斤,身高差不多也有一米七五六。瘦小贫血的妻子几次要求供肾,而她健壮的丈夫却连验血都拒绝。

虽说母爱更强烈,可这位当父亲的也太自私了吧!

"贫血不可能那么简单就治好的。"

水野对文子说完,又看了看经太郎。

"怎样?"

"……"

经太郎仍没回答,继续保持沉默。电光钟表上的数字由"2023"变成了"2024"。

听到门外有两三个人的脚步声越来越近,接着又渐渐远去。

水野叹了口气,无论医生怎么劝说,只要本人没有供肾的意思,就不能进一步强求。"劝过,没用。"跟教授这样汇报就可以交差了。至于同事们因此大失所望,也是无奈,往下只需等着迟来的肾送到了。

即便肾的鲜度有所降低——在现有条件下尽善尽美是医生的

职责。

"就是不行吗?"

水野又问了一遍,就当是最后一次确认,经太郎仍抱着胳膊不吭声。

像在炫耀夜晚的热闹,霓虹灯将电光钟表周围的夜空映得通红。

不一会儿,伴随着轻微的闪耀,钟表上的数字显示为"2025"。

"那太遗憾了……"

水野站起的瞬间,听到一声像被挤出来的嘶叫:

"爸爸,救救哥哥!"

刚才一直在默不作声的朋子突然叫起来:

"求求你,爸爸……,给哥哥肾……"

朋子大叫一声趴在床上,经太郎跟妻子对视一眼后向窗户那边别过脸去。又沉默了一阵,朋子叫道:

"大夫,用我的肾吧!"

朋子在关注水野与父母谈话的过程中像是弄明白了爸爸或妈妈都不能供肾,于是决定把自己的肾贡献出来。

"求您了……"

兄妹的组织相容性类似的情况的确很多,现实中也有哥哥供给弟弟的实例。但朋子才十四岁,年纪太小不宜摘除。即便再健康,用处于生长旺盛期的孩子的肾也不是好事。

"我想问问。"

抱着胳膊的经太郎咕哝道:

"这组织相容性,跟父亲肯定匹配?"

"理论上讲,父母都有五成的匹配概率。"

"那就算亲生父亲也有可能不匹配喽?"

"当然有可能。以前就有过案例,虽然是亲生父亲却因产生抗体而没有成功。"

经太郎点点头,看着正在抚摸着朋子肩头的文子说:

"大夫,那就给我验血吧!"

突然提出这样的要求,这回像是轮到文子吃惊了。她脸色苍白,用力摇头。

"没关系,别怕!"

"可是……"

经太郎像要推开探身向前的妻子似的抬手制止住她,再次欠身低头。

"实不相瞒,我一直放心不下工作上的事。其实工作嘛,总有解决的办法……"

什么意思?见水野大惑不解,经太郎挽起白衬衣的袖子,使劲伸出前臂。

"请!抽吧!"

"真的可以吗?"

看水野还有疑虑,经太郎斩钉截铁地点头答应。

"那现在能到值班室来?"

"老公……"

文子又一次抬头,惴惴不安地望着丈夫,经太郎轻轻摇摇头:"没事,放心!"

开始说好要供肾,半路又反悔的案例,水野此前经历过两三次。虽说看形势,现在经太郎没有变卦的意思,不过这种事还是宜早不宜迟。

"抽血量大约10cc,请放心。"

"请请请!别客气,抽多少都行!"

下定决心后人像是也痛快了,经太郎平静地笑道。

推开房门来到走廊上,水野看看手表,八点半。

说服工作开始三十分钟后,父亲终于答应验血了。用的时间有点长,为得到肾,耗上这等长度的时间也是无奈。

不管怎么说,这样一来,少年的肾移植手术就有了成功的希望。只是想起往病房外走时看到的三人脸上的表情,水野心里很是郁闷。

乍一看似乎是释然了,而父亲、母亲、妹妹三人的表情却都很复杂。

决定供肾的经太郎面带微笑;妻子文子一脸困惑;女儿朋子则抽抽搭搭哭个不停。

家里有重症病人,他们的表情显然恰好表现出身为亲人被逼无奈的处境。

水野心情沉重地沿夜幕下的走廊疾步走向值班室。

同一时间,戴着口罩的小笠原打了个大大的哈欠;坐在器械台前椅子上的吉田护士无动于衷地盯着半空;麻醉科的中村医生仍坐在麻醉机前,望着嵌入墙中的钟表。

三个人三个模样,各看各的,都面无表情。

手术已中断了两个多小时。

所有人都等得不胜厌烦,起初的紧张感已荡然无存。只有小笠原医生偶尔起身查看患者刀口时,大家才像刚想起手术正在进行中似的站起身来。

不过,小笠原医生能做的仅限将生理盐水蘸到敞开的刀口上,再将其慢慢地吸入纱布。既用不着翻动肌肉,也无须分离血管。器械护士只要递过来纱布跟长镊子就好,麻醉师也只在这一瞬间盯着刀口。

"我说,'介错①'是什么时候开始有的?"

小笠原冷不丁发问,另外两人不知所云地愣着。

"以前切腹自杀⋯⋯"

两人这才明白过来,他说的"介错"是切腹那档子事。

"最早时候的切腹,那可是真心真意地切开肚子。"

"真心真意"这种说法实在滑稽,麻醉师苦笑一声。

"找到介错这种方法后,切腹的人可就轻松多了。"

---

①介错:为剖腹自杀者断头(的人)。

这点小笠原说得倒是没错,人在肚子上横着划开一道口子并不是那么容易就咽气的。

"豪士自取肠出……"记得确实在书上看到过这么一段,不过,就算把肠子拖出来,也并非能很简单地丧命。

"切掉肠子也能活两三个小时吧?"

"哦,时间应该还能长。"麻醉师回答。

"没有介错的话,死前遭尽苦头疼痛难熬不说,还弄得不干不净的。"

两人同时点头对小笠原的话表示赞同,但仍不明白他为什么突然提起这事。

小笠原脑袋里,肯定是把眼前患者的状态跟切腹在不知哪个点上联系了起来。

"真想出了个好办法啊!"

小笠原像是不胜钦佩地说道,另两人则已经事不关己地各自将视线移回。

又这样沉默了一会儿,门开了。

因为长时间被锁闭在密室里,三人对哪怕极微小的外来刺激都变得非常敏感。他们齐刷刷地回过头来,进来的是水野医生。

他身上是常穿的白大褂,光戴着手术帽和口罩。

"几位辛苦了,现在决定中止手术。"

"怎么回事?"

"刚才患者父亲同意供肾了,所以教授决定……"

"那箱根送来的肾呢？"

"就算送到也得十点了，等到送来，有难度，而且过的时间太久只能作罢。"

"父亲的肾没问题？"

"必须赶紧做组织相容性检测，他是孩子爸爸嘛，应该没问题。"

然后，水野向麻醉师道歉说"让您等了这么久真不好意思。"

"我现在再去洗洗手，回来咱俩把腹腔缝合。"

"完全缝合吗？"

小笠原看来还没完全领悟。

"检查结果出来后马上得重做手术，所以只要简单缝合皮下就行。"

"可是，尾津前辈带来的肾岂不就白费了？"

"也不能这么说，时间过得虽久，送到后仔细检查检查，要是能用的话当然还要用。"

"给这位患者？"

"孩子父亲已经答应了，可能要用到别的病人身上。"

说到这里，水野又看了看麻醉师。

"说起来，这位父亲真是通情达理啊。"

小笠原说着，揭开刀口上的纱布。

"说服工作并不顺利，好在他女儿的一句话起了作用，她说'爸爸，救救哥哥……'"

"说了这样的话？那可真不留情面。"

"我寻思也够呛。"

"反正要给了,一开始就给多好啊。"

"情况这么紧急嘛,有时候也可以理解。"

接着,水野又对器械护士打了个招呼:"再坚持一会儿,拜托!"说完向洗手间走去。

中央手术室的洗手间在从入口数第三个门里面。

三个半小时前,水野在这里洗了手。那时距傍晚还有点时间,经过走廊时,还有强烈的夕阳照射进来;而现在天早已黑下来,马上就到九点了。

正常情况下,身上套着消毒服的医生护士来来往往的走廊现在一片寂静;亮着红灯的仅有洗手间和往前三个门的二号手术室。

水野正满手泡沫地洗手时,手术厅主任护士走了过来。

"您说手术中止?"

"不能再这么等下去了吧。"

"我们可只是完全听命您这些医生的护士!"

主任的语气里明显带有嘲讽意味。

"没想到出了车祸嘛!"

"难道不是因为开刀太急了?"

不愧是主任,头脑敏锐,正中要害。的确,要是等三十分钟再开刀,就能赶上第一次事故汇报通知,说不定就不会陷入眼前这种窘境。

"一直想尽早开始移植嘛。"

"今天这情况,手术费怎么算?"

水野还没考虑过这档子事,被主任质问到也不知该如何应对。原则上像治疗这类事情如果没实际干成什么而中止的话,应该是免费的,不过水野对此并没把握。

"不该算是不收费吗?"

"反正是大学医院倒也无所谓了,换成私人医院,事情可就大了吧?"

主任最后又揶揄了水野一句扬长而去。后者克制住厌烦的情绪洗完手后,请了一位年轻清纯的护士帮忙系上手术服后身的带子。

"对不住啊,拖到这么晚。"

"您别这么说,我们没什么。"

要都是这样的护士,工作也就容易多了。水野平复一下心情正要去手术室时,吉川讲师从走廊那头跑了过来。

"等等!"

可能因为太急了,吉川讲师跑进手术厅时连口罩都没戴。

"孩子爸爸的血稍有点问题。"

"有问题?什么意思?"

"刚才查了孩子爸爸的血型,他是 B 型。"

"然后呢……"

"儿子是 A,孩子妈妈是 O。"

母亲 O 型，儿子 A 型，父亲却是 B 型，这根本不成立。如果真是这样，则意味着父子间没有血缘关系。

"这么说，跟他爸爸……"

水野返回二号手术室。

因为决定中止手术，小笠原已撤下刀口上的纱布，正要开始缝合皮下组织。

水野直直地盯着连在少年肘部的输血瓶上的标签。

"确实是 A 啊！"

出血量不多，所以还没怎么输血，但已经有 A 型血输进了少年的胳膊里。

要是输进错误血型的血，应该马上就起反应的，然而少年已安安稳稳地连睡了四个多小时，而且他的病历上也明白无误地写着 A 型。

"那这孩子跟他爸爸不是亲生的？"

吉川讲师盯着病历慢慢点点头。

"可这也不对啊！"

水野想起这位父亲在被自己劝说时的态度。

假如他是孩子的继父，应该不会在纠结一通后同意供肾。不正因为是生身父亲，才会在万般纠结之后最终下定决心吗？不是亲生的，一开始就用不着犹豫。

"绝对不可能！"

"可这不明显不对嘛！"

面对吉川讲师递到面前的病历上写的血型,水野毫无反驳的余地。

"真这样的话,该怎么办啊?"

"跟教授商量商量再做决定,等等再缝合!"

说实话,水野心里很纳闷。好不容易说服了舍不得供肾的父亲,而他却不是孩子的亲爸爸!别说组织相容性了,就连血型都是根本称不上父子关系的不同类型。

到底是什么情况啊!水野如坠五里雾中。

但不能一直在这里当断不断。至少眼下很清楚了,父亲作为一个供肾者是不合格的。

"因为出了这样的状况……"

水野又看看围在手术台旁的小笠原医生和麻醉师,两人也都惊得目瞪口呆,半响说不出话来。就在刚才没多会儿还被要求缝合刀口,这回又要原封不动地开着,脸上有这种表情也不足为奇。

"真是对不住你!"

小笠原是同一医务室的人倒还好说,麻醉师可是其他科室的医生。连外人都给卷进这场混乱中了,实在感到歉疚。

想必教授也不知该如何处置这意外情况。

"我是主治医生,得去教授那里说说。"

水野正要离开,小笠原可怜兮兮地问:

"那我们还得一直守在这儿?"

"马上派人来换班,再坚持坚持!"

"请尽量快点。"

小笠原已经给闷在手术室里两个多小时了。

"也请再跟手术厅主任打个招呼。"

小笠原像是很害怕又会被主任刁难,打怵见主任这点水野也一样。刚才洗手时就给她挖苦得不轻,现在再变的话,不知她又会说出什么话来。

"好吧……"

水野出了手术室来到走廊上,不知是幸还是不幸,没见主任身影。一路上,器械室里准备室里都没有。

水野像要避开跟主任见面似的,快步走向通往三楼医务室的楼梯。

夜间医务室里,教授及七八位医生围桌而坐。

水野脑中浮现出一小时前与此相同的情景,不禁生出一种异样的感觉。

情景固然相同,但那时是针对送肾迟到商量对策,而现在将就本该供肾的父亲的血型不符一事展开讨论。

水野刚在靠近门口的座位上坐下,教授就迫不及待地开了口,好像就为等他落座似的。

"父亲的血型不对。"

"刚才听吉川讲师说了,怎么这样?"

"你也不清楚?"

"可感觉那位父亲绝对是亲生的。今天也是因为担心,手术前就跟公司请假赶来了,最后也有了供肾的意思……"

"但一开始很不痛快吧?"

"事出突然嘛,我觉得换谁都会那样。而且要不是亲生父亲的话,一开始就没必要那么犹豫了。"

"都往这看!"

教授示意众人注意他面前的载玻片。

"左边是抗 A 凝集素,右边是抗 B 凝集素。"

B 型血仅与同型的抗 B 凝集素凝固,跟其他型号不凝固。

"为慎重起见,让泽本君他们核实了三遍,结果相同。"

正如教授所言,三张载玻片上都是仅有右侧标识为 B 的发生了凝固。泽本医生比水野早三期,在血液方面最权威,不可能出问题。

"可为什么会这样?"

主治医生问出这话也真是好笑,不过水野真还没弄明白。

"B 型血的爸爸绝对生不出 A 型血的儿子吗?"

ABO 血型是进入医学系后最先学习的所谓基础性知识,到现在还问这种问题实在丢人。显然水野的脑袋已陷入混乱了。

"很遗憾,母亲 O 型血的话是生不出来的。"

"这事已经对他本人说了?"

"光说了 B 型血一事,别的什么都没说。"

泽本医生代替教授答道。

"那对母亲和女儿呢?"

"相当微妙的问题嘛,说出来合不合适要听听你的意见再决定。"

大家像是都在等主治医生的意见,当然,水野自己也没什么好主意。

"母亲和孩子们以前都不知道这事?"

"假如有人不知道,不该是这位父亲本人吗?看这结果,正纪不是他亲生儿子啊。"

"这么说,孩子母亲……"

母亲文子对孩子们疼爱有加,对丈夫似乎也无微不至,而这位妻子却瞒着丈夫跟别的男人生了孩子。

"不可能有这样的荒唐事,绝不可能!"

"你有什么证据?"

面对教授的反问,水野无言以对。

"要求供肾的时候,他什么也没说?"

"只是有点犹豫,别的没什么……"

教授点点头,扫视了一圈眼前的医生们。

"总之,眼前的问题,并非患者是不是父亲的亲儿子,而是父亲的肾不可能用于移植手术了。"

的确,连血型都不符的话,组织相容性查就没必要查了,根本就不适合移植。

"患者还那样?"

"刚要缝合,吉川讲师跑来说保持原样。"

"方案恐怕得再变一次,这样就只能等箱根送来的肾了。虽说取出时间太久,条件对手术不利,但是姑且这样执行!"

教授像是在得知父亲的血型不符时就做了决定。这确实有外科医生的做派,决断迅速。

"肾还有多久送到?"

"刚才没多会儿,来电话说到小田原町了,接着坐上新干线的话,大概十点半能到。"

水野偷偷瞟了一眼医务室的钟表。

八点五十。就算十点半准时到,还有一个半小时。

"刚才一直是小笠原医生一个人在手术室里盯着……"

"那你俩去洗手!"

教授指定水野对面两名四期下的医生去替班。

"另外,麻醉师应该也很头疼。"

"麻醉科那边没办法,只能拜托他们坚持坚持。"

"他们一直在坚持着,还有手术厅的护士也累得不轻。"

"迟到并不是因为我们不作为,所有人都尽最大努力了。护士们发牢骚的话,你去好好说说!"

水野点头称是,但心里并没有让那可怕的主任闭嘴的自信。

"那就继续等箱根的肾送来。我在房间,有什么事马上联系!"

水野等教授的背影消失在医务室门外,小声嘟囔了一句:

"真没想到……"

说实话,水野还是难以相信。可能的话,他都想亲自取孩子父亲的血样再验一次。

"确实没弄错?"

听水野又问,负责验血的泽本医生说:

"你要是觉得有错,就自己去验!何况请吉川医生和上野医生也看过了。"

都给前辈说到这份上了,水野只得相信。

"要是那位患者不是亲儿子的话,那女儿也不是喽?"

"女儿长得像吧!"

水野脑中浮现出父亲经太郎与女儿朋子的面容。两人都是长脸而且眼窝略深,这一点感觉很像,还有修长高挑的身型也一模一样。比较而言,正纪微微偏胖脸也更圆。当然,因为正纪长期处于肾功能衰竭状态,也有可能多少发生点变化,这都不能一概而论。

其他方面,眼睛鼻子都更随他母亲,很难说得上跟父亲长得像。不过这些也都是因为被告知血型不符时才有的印象;若以亲生父子为前提来想象,并没什么觉得不对的地方。

"血型不符的话,他本人应该最先意识到有问题吧。"

加上今天,水野是第三次见这位父亲,以水野的观察,看不出父子关系哪里不自然。

"父亲为供肾一事直到最后都犹豫不定不是?"

"倒也是,可那种时候,换成我也会有顾虑。"

父亲在供肾问题上的确不够痛快,可突然面对这样的局面也无可厚非。水野甚至感觉恰恰是亲生父亲才会那么犹豫。

"不管怎样,最好快去说说不用孩子爸爸的肾了。"

"要是人家问理由,该怎么说?"

"说血型不一致不就行?"

"不是亲生父子的事呢……"

"只要对方不主动问,就不要提吧?"

"可他要是知道又得移植箱根来的肾,肯定接受不了。刚才还说今天送到的肾,时间过得太久才要用孩子爸爸的肾嘛!"

"这不因为他的肾不能用嘛,没办法啊!"

在这里思前想后琢磨再多也没用。当前血型啊父子关系啊都不重要,救治开了膛的病人才是第一要务。

"那我现在就去病房。"

"废话尽量少说!"

水野点点头又瞅瞅医务室的表。

九点整。从箱根医院打来电话说有供肾者那一刻算起,已经过去了十五个小时。这期间,水野感觉一直在围着这位肾移植患者一人团团转。

"今天可真长啊……"

水野喃喃自语着独自走出医务室。

黑暗中零星的光亮一个接一个地向身后退去。突然,光亮尽失,黑色墙壁迫近,而又在转瞬间,光的旋涡再次向左右延展开去。

十分钟前,电车驶离小田原直奔东京。左右两边的光亮来自山体凿开后新开辟的街市,时不时迎面而来的黑墙则是街市间残存各处的山脚余部。

尾津抱臂胸前左思右想。

九点在小田原坐上"回声号"新干线,一路顺利的话,将于九点四十分前后抵达东京。

到目前为止,自己设想的"一路顺利"似乎还没实现过,一旦遭遇重大事故,一切都变得不可预知。

下车后,从东京站搭上出租车,十点半前总能到医院吧。

刚开始从御殿场前往箱根时,路上拥堵严重,连十一点能不能到心里都没底。幸运的是选了箱根的收费公路,跑得竟出人意料地快。

后来赶到小田原,几乎没耽搁时间就坐上了新干线也算是幸运吧。

时间已经很晚,好在总算开始实实在在地向东京进发了。

提着肾走出医院是下午三点,之后的六个小时里,一直在箱根一带兜圈子。

真是极大的浪费!如果没有东名的交通事故,现在这个点儿,手术结束;患者也从麻醉中醒来,早就打上新点滴安安静静地睡着了;而取出来的肾也被植入患者体内起作用了。

尾津又看了一眼放在膝上的黑提包。

置身电车中,放在旁边的空座上或行李架上其实都一样,但尾津无意让提包离开手边。周围的人可能觉得奇怪。这提包此前一直被尾津自己守护着,历尽千辛万苦才赶到这里。为这小包里两只拳头大小的肾,他已经历了七个小时的艰苦奋斗。

怎能让如此珍贵的东西离了手!

接下来要将这宝贝送到医院,它最终能被迅速植入患者体内吗?

用小田原站的公用电话给医务室打电话时,患者还开着膛在手术室里等待。

从一直等着自己这点来看,想必他们打算好了,在肾送到后立即做移植手术。

只是用这只肾到底能不能成功呢?最放心不下的是取出肾时,供肾者已经死亡五十分钟;而且又在这小小的容器里密封了近七个小时。虽说以前用过死体肾,但从取出到移植,经历这么长时间的还是第一次。

尽管如此,尾津仍对接电话的吉川讲师的说法很是不解,他说他们正在酌情考虑请患者父亲供肾。不理解要是那样安排的话,自己又何苦费这么大的周折往回赶呢?

就算是为让自己此前的辛苦物有所值,也一定要用这包里的肾成功完成手术。

尾津像在祈祷似的上身倚着座椅靠背闭上眼。

保持这个姿势一动不动,自然就打起盹来。

说起来,今早在值班室被吵醒时是清晨六点,然后直接奔往箱根。在医院候命、说服家属,取出肾来已是两点半。再后来卷进东名的车祸,折回御殿场,经箱根,现在可算坐进了新干线。

"真是漫长的一天啊……"

叹息声连同香烟的烟雾一起从尾津口中吐出。

同一时间,村上在都夫良野隧道入口前将变速杆推到了表示"前进"的"D"档。

从遭遇事故停车至今,变速杆一直挂在停车挡上,时隔五个小时又能前行了。在车外乘凉的人也都回到各自车内。

听着久违的排气音,前面的车子缓缓开动起来。

瞬间,村上有种想大声叫喊的冲动。

"走啊!走喽……"

车子还是动起来的好!面对这再普通不过的事,现在竟涌出一股喜悦和新鲜。

几个小时来,已看得了然于心的卡车巨大的后部慢慢驶离。确定它离开后,村上也踩下油门。车子也像是忘了曾长时间停驻于此,开始轻快地移行。

车上时间是九点二十分。

"尾津前辈……"

村上手握方向盘,对并不存在的同行人喃喃说道:

"我出发啦!"

现在出发到东京要花多长时间呢?平常的话,大约一小时,因为这是在大堵车之后,可能会额外多用二三十分钟。

而且从用贺入口上首都高速的路段仍然拥堵,看来到东京得将近十一点了。

尾津前辈现在在什么位置呢?他说要从御殿场转到二四六号线上,已经快进都内了?或者被卷进大堵车,仍在横滨附近龟速爬行?

"都不容易啊!"

车子驶近隧道时被要求靠一侧单车道通过。好像上行车道尚未完全恢复通车,只能借用一侧车道。

缓缓前行,见隧道出口停着两辆警车,车顶警灯还在一明一暗地闪烁着。

村上侧目望去,前面,左车道连着路肩,事故车辆一辆接一辆、一辆压一辆地堆放于此。

最先看到的车没怎么受损,中间的则出现车门或前挡风玻璃损毁情况,再前面的车好像被大卡车撞击碾轧过,车后部都压扁了。卡车、轿车、微面等,总共八辆车被集中在路边排了一大溜。

发生这种程度的事故,肯定会有人受伤。而且燃油也洒漏得到处都是,事故处理起来费时费力也在情理之中。

"哪辆车是罪魁祸首?"

根据通行过程中观察到的情况,后车身被压得几乎看不出原貌的那辆车后面的大卡车像是事故元凶。因为它的追尾,导致后续车辆发生连环碰撞,最后连油罐车都侧翻在地了。

可能调查人员已将肇事司机带离现场,路边只站着几位警官。

假如这辆车没有追尾,全部车辆都将顺利通过,眼下肾移植手术也该结束了。而且,大学里医生们不必着急上火,病人家属也用不着为难,更重要的是跟女友的约会也不会泡汤。

事到如今再说"假如"已没意义,一场事故的的确确会给不同人带来不同的影响。

同一时间,第二手术室里,宫部、坂井两位医生接替小笠原医生站到了手术台前。

"蒙上纱布,剩下的就是不断用生理盐水浸湿。"

小笠原将自己此前做的事说给两人听。

"我一个人在这里干了三个多小时的刀口守卫员,真够惨的。"

从刀口监视岗位上解放出来的小笠原使劲搓着鼻子的上下左右。过去三个多小时里,因为两只手消过毒了,想挠痒痒的地方都不能挠。

"那最后定下移植箱根来的肾喽?"

小笠原问,宫部答道:

"听说现在尾津前辈坐新干线从小田原向东京这边来了,差不多再有一个半小时就到。"

"说是一个半小时,不真到眼前可真不敢说啊!"

此前给拖拖拉拉等了好久的小笠原根本不相信。

"又得干等两个小时啦!"

"不是开玩笑!"

两位医生面现不悦,护士则一脸郑重地问:

"真还要再等两个小时?"

"不会不会,这次是坐电车来,应该没问题。"

再这么等下去,逼得护士们起来违抗命令可不得了。

"那就拜托你们啦!"

小笠原向两位医生扬扬手正要离开房间时,门一开,手术室主任走进来。

"大夫,刚说手术中止,现在又要开始?"

小笠原一缩脖子忙找说辞。

"这个嘛,好像突然又不能用孩子爸爸的肾了……"

"不清楚到底出了什么事,可说了中止,结果又要开始,我们很不好办啊!"

"可验血验出血型不符,这边也没辙啊!"

"您总有话说,这里可是中央手术厅,并不是只有先生您在做手术,现在外科还有台紧急手术,护士人手不够,要我们怎么办?!这还不说,只为一个开了刀的病人磨磨蹭蹭地硬占了三个多小时,真让人受不了!"

夜间护士少是一方面,还有急症病人插进来,主任的一腔怒火终于爆发了。

"刚才大夫说手术中止,那我就把这里的护士调到别处了。"

"这样说我可真不知道该怎么办。"

"我也不知道该怎么办。"

"那现在好说,肾送到后再请你安排。"

"说得真轻巧!"

"我们也不愿意这样,都是教授的命令嘛!"

搬出教授的名头后,主任不吱声了,她转身对器械台前的护士命令道:

"吉田护士,这里没你事了,去三号手术室!"

被人迎头一击的小笠原小声说声"失陪",溜出了手术室。

从医务室去病房的路上,水野左思右想不知如何是好。

父亲的肾不但不适合移植给儿子,连血型都不可能支撑起他们的父子关系。单纯说句"不适合移植"倒是容易,因为亲生父子间也常有不宜移植的案例,可如果对方问句"为什么"的话,自己可就难办了。如实回答"血型不符"也不难,但接下来他们可能就会明白并非亲生父子这一事实了。

最近连普通人都对 A、B、O 血型常识知之甚详,说话过程中说不定就会留意到可疑之处。要隐瞒这一点,回答"组织相容性不匹配"最保险。

可刚说过因为这项检查花时间较长,为慎重起见,今晚采集血样后只验血型。

光查了血型就说"组织不匹配",患者家人肯定会感觉蹊跷。

眼下,为告知他们不宜移植,血型问题终归是避不开了。

或者，干脆把不能移植的事拖到两三天后再说？过两三天再说"相容性检测结果不符"的话，也许能被接受。但那样一来，这几天父亲心里就得总是装着移植的念头。处理公司事务，应对个人交际时也得以将要接受移植手术为前提来进行。

从年龄上讲，父亲正值事业旺盛期，在公司也像是身居要职，既然不能做手术，还是早点告知他为最好。

况且，今天之内不预先明确告知的话，"为什么又移植进死体肾"也愈发难以解释。都说好了要父亲供肾，没任何理由却又用别人的肾来瞎对付，道理上也讲不通啊。

"还是应该如实相告。"

水野对自己说道，转瞬间脑中又浮现出经太郎妻子和女儿的面孔。

这两人到底知不知道父亲与儿子并非亲生关系呢？

根据此前的情况可以肯定地说只有女儿什么都不知道，如果她知道，自然不会哀求父亲"爸爸，救救哥哥"！正因为她相信经太郎是亲爸爸，才会那样说。

问题出在经太郎身上，假如他知道自己跟儿子没有血缘关系，还会说"倒是不反对把肾给儿子"吗？尽管他不会主动说出来，但知道不是亲儿子的话难道不该拒绝？从他最终答应供肾这点来看，经太郎大概也认定正纪就是自己的亲生儿子。

归根到底，三人中最了解事实真相的必定是身为妻子的文子。

是她生的孩子，当然她最了解儿子出生的秘密。

今天这情形,也许应该先跟母亲聊聊。

但不能供肾了的是父亲经太郎,绕开当事人只对母亲讲反而更让人生疑。而且现在经太郎和朋子也都在病房,他们正关注着事态的进展,在这期间光告知母亲也着实怪异。

越接近病房,水野的脚步越是沉重。

"真要命啊……"

现在让水野为难的并非医学问题,而是患者的家庭问题。一个医生为这种事伤透脑筋实在不像话,况且本来就不该涉足患者的家庭问题。水野也坚信这一点,只是这次看来真的在劫难逃了。

"这也算是医生的工作吗……"

水野沿着昏暗的走廊走向病房,一路上对自己被卷进医学以外的琐事大为恼火。

像要逃离暑热似的,病房的门都四敞大开。病房里有冷气,不过很多人感觉人工冷气弄得身体很不舒服,只要能将就,就尽量不开。加之现在已入夜,并不十分难熬了,因此几乎所有病房都开门敞窗迎接自然风的进入。

就在刚才没多长时间,还有人低声弹吉他、哼小调,而一到熄灯时间,所有病房都鸦雀无声了。

水野在301号病房前停下脚步,突然转念走向值班室。

因面临移植手术,值班室里也一片紧张忙碌。水野一现身,当值主任柳田护士问:

"岩崎君还是要移植箱根来的肾?"

"他爸的血型不对嘛,最后定下等肾送来。"

"刚才他爸爸来过这里。"

"为什么事来的?"

"问要是做取肾手术,是不是跟儿子住一个病房?"

"麻烦你把孩子爸爸叫来。"

直接去病房的话,就得当着他妻女的面解释。为避免那种状况,也许只把本人叫到值班室来更好。

刚才在病房前犹豫不决也是因为这事。

趁护士去叫人的空当,水野又看了看岩崎正纪的病历。

翻开病历,首页的家庭成员栏里,写着父亲经太郎、长子。血型一项中,分明地盖着一个"A型"的图章印。水野核实过这一点后,坐到沙发上点着一支烟。刚抽完,经太郎跟在柳田护士身后进来了。

"请进……"

水野点头起身,经太郎也微微一躬身。可能是因为从傍晚一直等到现在,经太郎脸上多少显得有些憔悴。

"实不相瞒……"

这种要坐下来说的话,拖久了反而更麻烦。水野也没坐下,开门见山道:

"刚才,用您提供的血样查了血型……"

瞬间,经太郎的腮帮子抽搐了一下。

"血型跟令郎不符,恐怕不能移植。"

水野一口气说完,经太郎平静地反问:

"您说不符?"

"令郎是 A 型,您是 B 型。"

"……"

"虽说您答应了供肾,但因血型不符,只能作罢。"

经太郎像在思索什么似的盯着半空,过了一会儿才慢慢点点头。

"这样我的肾就不用摘除了?"

"是这个意思。"

"那,孩子他……"

"已经开刀等到这时候了,我们考虑还是等箱根来的肾吧。"

水野尽可能用事务性的语气说道。

"那……"

"您有问题?"

"用那个肾,手术有可能失败吧!"

"取出时间太长,难说条件最佳,但也不能讲就是不行,姑且等送到后看情况再定。"

"什么时候送到?"

"现在正坐新干线往这边赶,应该再有一个小时就能到。"

经太郎点点头,却没有直接离开的意思。

"血型不符就不行吗?"

"当然不是全都不行,O 型血的人能输血给所有血型的人,AB

血型的人可以接受所有血型人的输血。"

"从 B 型到 A 型，不可能吗？"

"什么？"

水野没听明白他的意思。

"绝对不可能吗？"

"确实不行……"

经太郎点点头，静静地一躬身。

"非常感谢。"

经太郎的道谢响亮有力，水野也跟着鞠了一躬，经太郎转身出了值班室。

刚才的说法到底稳不稳妥？开始只是打算告诉他因血型不符而无法移植，结果感觉连不可能是父子关系这层意思也一并告知了。

本应说得再模糊点，可对方问得那么认真，实在不忍心说谎。

可尽管这样，难道经太郎真不知道自己跟儿子血型不符？

看他刚才的态度，一半像是知道，一半又像不知道。至少，告知血型不符时，从他并未慌乱这点判断，说不定他早就注意到了。

只是最后确认这点的方式太过逼真。

水野仍一头雾水，目送经太郎的背影在走廊上渐行渐远。

深夜

晚上九点驶离小田原的"回声号"于九点四十分准点到达东京站。尾津拎起装肾的提包出了中央检票口后,立即打公用电话联系医务室。

"噢,到啦?"

声音从听筒里传出来,接电话的是吉川讲师。

"这就搭车过去!"

尾津放下话筒,分开人群挤出八重洲口。

从今天早晨七点出发后,已阔别东京十五个小时。

"总算回来啦……"

尾津一时竟被色彩纷呈忽明忽灭的霓虹灯吸引住。不久有出租车排到了自己面前。

"到城西医大,急!路堵吗?"

"还行。"

司机悠然答道。

"给东名车祸闹的,真倒了大霉!"

"看客人您是从车站出来的啊。"

"路堵得实在太厉害,到小田原坐新干线回来的。"

"所以现在才到啊……"

司机一脸吃惊地喃喃道。

"广播上应该报道了吧?已经通车了?"

"确实提过了,说九点多通的车。"

"九点多……"

如果司机的话属实,通行后已过了大约一个小时。从事故现场到大学,顺利的话需要一个半小时,跟现在尾津将要到达大学的时间没多大差别。

"不过,通车后,路不可能马上就很通畅吧!"

"不好说……"

司机回答暧昧,尾津却坚信这一点。若不然,自己的千辛万苦毫无意义。

"客人您在东名高速上的车怎么办?"

"托朋友开回来。"

"就您一个人下车回来的?"

司机惊讶地问,尾津只是点点头。一点点解释的话,肯定说起来没完,已经不想再回忆那场事故了。

更重要的问题是手术。

历尽这般艰辛送来的肾能即刻派上用场？手术会成功？一想到这些,胃部不禁疼痛起来。

"真要命啊……"

"怎么啦？"

"没什么。"

尾津克制着内心的焦虑,将目光投向霓虹灯闪烁的街道。

同一时间,中央手术厅洗手间里,奈良原教授、吉川讲师,加上水野、小笠原两位助手正在洗手。"尾津携肾抵达东京站",得知这一消息,手术成员们又忙开了。

这是接到都夫良野隧道事故报告中断手术后,时隔四个小时的第二次准备。

此前静悄悄的第二手术室又因护士们的进进出出忙碌起来。麻醉师急忙开始检查患者的全身状态。因教授亲临,刚才很不高兴的手术厅主任也腿脚麻利地跑前跑后准备着手术服和口罩。相互间再有牢骚不满,一旦手术开始,全员协作步调一致才是医务工作者的使命。

"病人家属怎样？"

奈良原教授来到已开始洗手的水野身边问。

"应该一直在病房里等着。"

"说过孩子父亲血型的事了？"

"光说了跟儿子血型不符,不能做手术。"

"对孩子母亲说了？"

"还没有，只对父亲讲了。"

教授点点头，像是突然想起了什么。

"那病房里只有孩子父母两人？"

"还有女儿也在。"

"三个人啊……"

教授嘟囔了一句，拿起洗手用的刷子。

水野边洗手边想象着三个人等在病房里的情景。丈夫、妻子，还有女儿围坐在眼下主人并不在场的正纪的病床边，一个望向窗外夜幕下的街巷，一个盯着稍有污点的白墙，还有一个将目光投向病床。他们正以迥然不同的姿态各怀心事呢，还是正就正纪的血型问题展开讨论？

"科学这玩意儿可真残酷啊！"

"您说残酷？"

水野洗完手反问道，教授冲掉手腕上的泡沫说：

"要是事情不弄成这样，可能他们也就用不着额外知道这些事了。"

的确，肾顺利送到的话，就无须给父亲验血了。还远不止这些，如果正纪没患肾病，在他一生中肯定根本无须体验今天这样的经历。

"血型那件事，只对父亲说就可以吗？"

"要是没别人来打听，那样就行。"

教授用小纱布擦着消完毒的手说：

"医生只说跟治疗有关的事即可。"

水野对此深有同感。从医生的角度有可能了解到患者的诸多秘密，但这些秘密应该仅存于医生一人心里。如果传话到别人耳中，那患者就毫无隐私可言了。事实上，真若干出那种勾当，便违反了医生的守秘义务，是有可能被问罪的。

"仔细想想，感觉那位父亲真可怜啊！"

水野把消毒服抓在手里，教授反问：

"何出此言……"

"不知道孩子不是自己亲生的，还差点儿把肾摘除。"

"他本人这样说的？"

"没有……"

"最好别太深究。"

水野躬身一礼，先进了手术室。

尾津乘坐的出租车到达大学医院的正门玄关时，时间是十点十分。

尾津付给司机车钱后冲进医院玄关，比尾津晚四期的荒木医生正等在门口。

"您辛苦了！请直接去手术厅！"

"都在？"

"教授也洗好手了，正在手术室等您。"

尾津从正门前厅左拐跑上楼梯。

沿楼梯前的走廊右转,最里头就是中央手术厅。尾津走得很急,荒木也一起跟了上来。

"真够您受的,从御殿场跑到小田原?"

"够受的,真够受的!"

尾津用手掌擦去脑门上的汗。荒木盯着尾津右手拎的保存箱问:

"肾怎么样?"

"应该没问题,一直在等我吧!"

"腹腔切开了嘛!说够受这边也够人受的。"

"对不住!"

"哪里话,前辈用不着道歉。"

走廊上一团热带暑气,光是走得快点就让人大汗淋漓。尾津又擦擦额头上的汗问:

"村上还没回来?"

"刚才从港北停车场打来电话,看样还得三十分钟。"

"太好啦!"

"什么?"

"没什么。"

不管怎样,费尽周折的一番奔波总算没白费。

"幸亏您想到坐新干线回来!"

"一开始也没这打算,原计划从御殿场走二四六号线,大堵车嘛,感觉那条路肯定不行。"

"于是就绕箱根兜了一圈回来的?"

"过乙女岭的时候,我都想哭!这算怎么回事啊!"

身处夜色笼罩的箱根山谷时,尾津真是害怕到了极点。

"电视上说了,油罐车侧翻,八车连环撞。"

"好在一直等我带肾回来。"

"因为只能用前辈带回来的肾嘛。"

"在小田原坐电车的时候,听说要移植孩子爸爸的肾?"

"血型不符,算了。好像孩子爸爸跟孩子没有血缘关系。"

"那,这两人……"

"确实,不是父子。"

一直带着肾的尾津还是头一次听说这种情况。

"那么是别人的?"

"这事怎么说才好呢,水野前辈也烦得不轻。"

走廊右拐,前面就是中央手术厅入口的白色大门。

走廊左右两侧分别是中央检查室及 X 光室等。因为没有病房,这里静悄悄的,只有标明各个房间的绿色荧光标志在昏暗的走廊上各自闪着幽光。

"还是挺热啊……"

"听说今天最高到了三十四度,现在也得有二十七八度。"

"真不正常啊!"

"您给困在高速上的时候,也热得要命吧?"

尾津突然盯着前方停下脚步。光线微弱的走廊前面，看不太真切，像是有什么人蹲在手术室门前。赶紧走上前，蜷缩在那儿的是个孩子。

再细看，是个十四五岁的短发少女。

"这就要给我哥做手术了？"

听她这样问，尾津意识到她是岩崎正纪的妹妹。

"大夫，请一定救救我哥。"

少女似乎哭过，眼眶红肿，声音也含混不清。

"求您了！"

尾津点点头，抚住少女肩头。

"放心，别待在这里，快回病房。"

"我哥他太可怜。"

"别担心，回病房等吧。"

又劝了她一次，少女仍低着头没有回去的意思。尾津没工夫说更多，丢下女孩，踏上了手术厅自动门前的蹭脚垫。

十点三十分，箱根来的肾被送进中央手术厅二号手术室。

尾津手提保存箱走进手术室的瞬间，在手术成员中出现了一阵小小的骚动，期盼已久的众人都长吁了一口气，其中包含了几多喜悦与释怀。

而教授只道了声辛苦，旋即将目光投向尾津右手中的保存箱。眼下，"怎么回来的啊？""是不是很累啊？"这些慰劳性的话都没闲暇提及了。

尾津轻轻一躬,立即打开保存箱,取出埋在冰块中的圆形容器。肾在无菌状态下被保存在这里面。

众目睽睽下,尾津慢慢打开盖子。

最先看到的是白纱布,肾就包在纱布里面。

尾津检查后递过来,教授将戴着消毒橡胶手套的手伸进容器。

教授小心翼翼地双手捧出肾,然后放在器械台旁边的台子上掀开纱布。

两只肾都有拳头大小,呈蚕豆形。当然,因没有血液流过,肾由活体状态下的暗红色变为茶色,不过表面仍很光亮。

一瞬间,尾津感觉两只肾像在面对面聊着漫长旅途中发生的故事。

"很好……"

教授喃喃自语,轻轻碰了碰它们。

从供肾者体内取出,时隔八小时后,肾再次与外界空气接触。

"没想到保存得这么好。"

吉川讲师赞赏道,教授点点头拿起左边的肾。

吉川讲师说得没错,肾没受损伤,色泽也算良好。

问题是内侧的血管部分还要再仔细看一下。肾是在两侧腹部里面呈悬空状态被肾动脉和肾静脉支撑固定着的,必须将这部分与接受移植的患者的血管头端精准连接。

教授放下肾,仔细端详这部分。

因从死体内取出时,尾津当时有意留出了足够长的血管。教授用指尖戳戳动脉与静脉的切口,又将手指伸进患者刀口中试探了一下大小,最后他点点头说:

"好了,开始吧!"

话音未落,尾津就长长地吁了一口气。

从箱根坐车出来,一会儿坐警车,一会儿搭新干线,偶尔还走上几步,好不容易才将肾送回来。尾津一直担心,把肾放在狭小的保存箱长达八个小时,会不会不能用了啊?

结果似乎没问题。当然,现在开始移植,不跟踪观察后续过程无法得出最终结论;但就目前而言,可以使用这点看来是确凿无疑了。

"开始准备!"

教授一声令下,围在手术台旁的助手们立刻分开患者下腹部,开始准备血管结扎。

在一直敞开着的刀口上再次下刀已是四个半小时以后了。

医生拿起止血钳、麻醉师测定血压、护士又连上点滴,此前处于持续睡眠状态下的手术厅里仿佛终于又恢复了活力。

尾津看到这场面,躬身一礼退出手术厅,走到更衣室的水龙头下,从头到脚尽情地冲起了冷水浴。

手术一旦启动,进展非常迅速。

重新开始十分钟后,移植肾结合部已处理完毕,接下来就要埋入腹腔内了。

　　这一过程是肾移植手术中最重要的环节,与活体联结不成功的话,此前的一切辛苦都将化为泡影。

　　教授小心翼翼地将肾埋进下腹部。安放到下面后,接着需要轻轻翻转,缝合活体与移植肾两者间的血管。

　　手术厅的钟表指在十点五十分上,这时长针又抖动一下跳上五十一分。时间一分一秒逝去,但没人再焦躁不安了。

　　手术前还满脸不痛快的主任护士,现在也踮起脚尖在后面密切关注着手术的进展。

　　除了麻醉呼吸气囊的声响和换气扇的低音嗡鸣外,手术室里鸦雀无声。四位手术成员的视线都被吸引到了肾血管的一点上。

　　"针……"

　　教授的指令打破寂静的瞬间,一只戴着橡胶手套的手倏地从后面伸出,护士迅速递来尾部带着线的缝合针。

　　血管缝合在沉默中进行。

　　医生们额头上渗出汗水,汗水很快便汇集至眉毛边缘,几欲滴落。要是在平时,护士会提醒"擦汗",而今天谁也没出声。大家都非常紧张,好在再有几分钟,血管缝合即将结束。

　　"针……"

　　教授的指令再次在手术室响起。墙上钟表指在十点五十五分上。刚才踮脚观望的主任无声地移向点滴瓶那边。

　　"不行!"

教授突然摇摇头,吉川讲师立刻答声"明白"！线系得有点松,一丁点差池都会被毫不客气地指正出来。

"好了,针！"

结合部被一针一针地缝合完整。

"好啦……"

教授验视过后,吉川点点头。最需慎重处理的缝合部分宣告结束,肾牢牢稳稳地跟少年的身体合二为一了。

现在只是用手轻轻碰碰的话,新肾纹丝不动。

而最大的高潮还在后面。一旦松开手术中截流动脉血的夹子,血流就将涌进少年的新肾。如果缝合不彻底,血水马上就会从缝合处渗漏出来,这时候就得返工。

"开通……"

现场全体人员的目光又被教授的话声引向缝合部。

"不错嘛……"

教授再次确认后松开了截流动脉的夹子。血液一流入肾内,此前暗黑的表面很快就带上了红头。

"不漏吧?"

"没问题。"

血液没有外漏,顺利流入后很快充满肾的每个角落。

"不错！"

教授满意地自言自语,助手们也纷纷点头。

这一瞬间,打个比方,就像隧道开通时的那种喜悦。历尽千辛万苦,血流终于通畅。刚才还暗淡无光的肾体因得到血液的滋润而开始变红发亮。在这里再等几分钟,输尿管头端就会起伏波动,不消片刻小便就会从那里流出。

肾这个器官确实不可思议,动脉血输送进去后,它像是要给予回报似的,将尿液从输尿管排出来。它是产生尿液的器官嘛,理所当然,看着红色液体进入,黄色液体导出,感觉像在变戏法。一经确认尿液通过输尿管排出,肾移植手术即可宣告结束。

但这仅限于移植活体肾的手术,如果移植的是死体肾,则无法当场确认。早则两三天,也有时候三四周后才好歹开始排尿。这实属无奈,因为死体肾活力本来就弱。死后接近五十分钟才取出,随后的八个小时里又糊里糊涂地东跑西颠,不马上产生尿液也是情有可原。

眼下血液实实在在地流进肾里,已从静脉灌流是确凿无疑了。不久的将来,移植进来的肾恢复元气,适应少年的身体后,小便自然也就能排出了。当然不敢说所有手术都绝对没问题,至少看着肾里储满血液,以及红头增加的势头就感觉错不了。

"下一步,接输尿管!"

教授检视血流片刻后,开始连接输尿管头端与膀胱的手术。这部分说难也挺难,却不像缝合血管时那么紧张。关键部位已结束,现在是最后扫尾阶段。

"几点开始的?"

教授忽然像想起什么似的问。

"五点四十五分开的刀。"

麻醉师看着麻醉表答道。

"那……"

教授转过身,手术厅墙上的钟表显示为十一点五分。

"五个半小时啊……"

"这是医务室有史以来头一次。"

吉川讲师说。教授点头赞同。

"不怎么光彩的记录。"

"这次情况特殊,没办法嘛。"

"不过,今后可大意不得。"

的确,像今天这样,医生到捐肾者那里取肾的状况只要还在持续,类似这次的事态就可能时常发生。

为防止此类状况发生,有必要事先弄清路况信息并制订紧急情况下的移送方案。除此之外,如果医院里有肾脏银行那样的设备就更能保证不出问题了。只要有它,必要时随时都可以做手术,不必再像今天这样等得提心吊胆了。

"好!可以了!"

教授将输尿管与膀胱连接完成后点点头说。

"那后面的就交给你们了!"

往下只要闭合腹部缝合皮肤就好,其他几位医生足以胜任。

"有劳各位。"

"您辛苦了!"

互道辛苦后,教授出了手术厅。

"喂!啤酒冰上了?"

教授一离开,气氛马上轻松起来,吉川讲师问。

"没问题!两打全放冰箱里了!"

主治医生水野答道,吉川讲师闻言忽然停下手中的缝针。

"孩子爸爸在干什么?"

"什么干什么?应该在病房等着吧。"

"要是组织相容性匹配,也可能摘除他的肾,此时就躺在这旁边呢!"

"不过今晚是不可能了。"

"说的是,不过活体摘除这关,他是逃不掉的。"

水野点点头,想起决定父亲与儿子不可能是亲生父子的血型时,心情又沉重起来。

十一点三十五分,岩崎正纪肾移植手术结束。

正纪刀口上缠着腹带,被抬上运送车转进手术室旁的恢复室,在这里对术后全身状态观察一段时间后再移回病房。

"那就拜托您了。"

主治医生水野对恢复室里负责的麻醉师躬身一礼后,去更衣室脱下了手术服。

参与手术的医生们术后马上就可以去浴室泡澡,去医务室喝酒;而水野却换上白大褂直接进了病房值班室。长时间的手术弄得他全身汗唧唧的,但身为主治医生不可能去慢慢悠悠地泡澡。

水野赶紧上楼,先去 301 病房通知家属手术结束。敲了两下房门,母亲文子大概站在门口,马上开门探头出来。

"大夫……"

她一见水野连忙躬身致意。

"手术刚做完。"

身旁的母亲、对面的父亲、隔着床站在里面窗边的朋子,三人同样的表情,都像松了口气似的点点头。

"现在他在恢复室,再过二三十分钟应该就能转回这里。让你们担心这么久,真是不好意思。"

做手术的医生向患者家属赔不是很是奇怪。不过,这次是因为意想不到的事故中断了近五个小时,考虑到当时家属为此担惊受怕,道声歉也不为过。

"所幸出血很少,呼吸血压都正常,请放心!"

"那,肾呢……"

父亲的络腮胡比傍晚时长了不少。

"虽说迟到不短时间,没想到状态却很好,移植后血流也十分稳定。"

"这样就不用再做手术了?"

母亲又问,水野点点头。

"到排出小便,可能得花两三个星期的时间,往后一直顺利的话,应该不需要了。"

父母对视一眼，像在说"太好啦"。

"很快就会安排他回病房，不过麻醉时间长，应该相当累了，请让他静卧一段时间。"

"太谢谢您啦！"

两位家长再次深鞠一躬。

出病房来到走廊上时已过十一点，周围病房静悄悄的，都已熄灯入睡。水野一边沿昏暗的走廊往回走，一边回味着家属们刚才的表情。

父母二人听到手术结束的消息后，安心喜悦的神情溢于言表一目了然；而妹妹朋子脸上却没显出有多高兴，依然沉默不语。平时活泼伶俐，说起话来精神头十足，偏偏今晚感觉像是疲惫到了极点，而且独自一人像个异己分子似的远远地站在窗边。

因为事出突然，一时间难以想通吗？可听到哥哥手术平安结束的消息，脸上表情不应该再高兴些才对吗？

水野一路琢磨着走向值班室，夜班主任柳田护士走上前来。

"您辛苦啦！"

"恢复室那边应该马上有通知，接通知后就把患者移回病房。"

"知道了。"

柳田护士点点头，突然压低声音说：

"岩崎君爸爸血型的事不该说出去吧。"

冷不丁说出这话让人大惑不解，水野回过身来，发现身后站着个小护士。

"怎么了?"

"不瞒您说,岩崎君的妹妹来问她爸的血型是什么,结果她……"

"说出去了?"

小护士慌忙低下头。

"对不起……"

水野看看两人问:

"什么时候问的?"

"查完血型,知道不能做手术后接着就来了。"

"那这孩子意识到爸爸跟哥哥不是亲生父子了?"

"应该是吧。"

"……"

"我要是再注意点就好了,无意中给她一问,随口就……"

直接原因确实是小护士的疏忽,其实在责备她之前,水野感觉自己也该注意。

"难怪那孩子在病房里的态度有点怪。"

"刚才也是,听说她离开病房有一阵子,不知去了哪儿,到处去找才在手术室门前找到……"

的确有医生看到朋子蹲在手术室前的黑影里。

"那她今天之前是给蒙在鼓里喽?"

"可能是。"

柳田护士点点头,小护士紧张地说:

"对不起！都怪我多嘴……"

"不过，你说的只是他爸爸的血型吧？"

"她还问，B型的人生不出A型的孩子吧？我没反应过来，随口说了句'可不是嘛'……"

说到这里，小护士又一次躬身致歉。

现在再怎么责备她也于事无补，水野在病历上写下患者回来后的注意事项出了值班室。

手术厅浴室里空空荡荡，手术成员们都已洗完，浴室里一个人也没有。

夜深人静，水野泡着澡，又回顾了一遍刚才护士说的那番话。

既然妹妹问过护士，那她得知父亲血型不符后，肯定吃惊不小。

只是，就算父亲与儿子不是亲生，也不能说连她都跟父亲没有血缘关系吧。另外，这对父母的态度倒出人意料地冷静。

女儿表现得那么闷闷不乐，做父母的当然会意识到原因何在，但即便如此，他们仍心平气和，毫不掩饰手术平安结束后的喜悦之情。

"这么说，是那女孩自己多虑了……"

也许干脆直接问问夫妻俩出了什么事更好，不过水野旋即又打消了这个念头。感觉即便身为医生，连这类事都去打听未免有越界之嫌。

"摸不透啊……"

水野在浴盆里咕哝着,这时听到门外一个年轻医生喊自己。

"水野前辈,还没洗完?"

"马上就好!"

"大家在医务室要喝啤酒啦,请快点来!"

"好啊,知道啦!"

在这里再怎么绞尽脑汁也没用。水野再次连头带脚没入水中,接着一运气跳出浴盆。

水野在冲净汗水的身上套好白大褂,到恢复室看了看,正纪还在睡,喉部软管已拔掉。

"可能一时半会儿还醒不了,不过送回病房没问题。"

麻醉师说。水野点点头,将手轻轻贴在正纪脸上试了试。

因为多少出了点血,苍白的眼窝愈发衬托出线条分明的鼻梁。正纪长期受肾病折磨,看起来有点消瘦,但仍不失为眉目端正的美男子。

经太郎也不难看,但怎么说都粗壮一些,鼻子、脸盘也看似比正纪大了一圈。

"应该不发烧。"

"嗯,好的。"

水野点点头,想到过一会儿睁眼醒来却发现不是亲生父子时的少年,不禁又心生郁闷。

"那就拜托了。"

水野又向麻醉师道过谢后来到医务室,大家已在玻璃杯里加满啤酒畅饮起来。教授可能有事没在场,包括吉川讲师,留下来十几位医生。

"噢!主治辛苦啦!"

近前的小笠原医生话音未落,在场众人一齐拍手欢迎。水野不好意思地把手按在脑门上,尾津医生说声"坐这里",将自己旁边的位置空了出来。

"来,主治医生和托运医生都到齐了,咱们再干一杯!"

吉川讲师提议,大家道声"辛苦啦"!酒杯又碰到了一起。

桌上酒瓶林立。啤酒瓶之间,装着鱿鱼丝、花生米等下酒菜的纸袋胡乱扔在桌上还没开封。

"这要命的手术啊!用的时间算是迄今为止最长纪录了吧!"

听吉川讲师这么一说,一个年轻医生插嘴道:

"哎呀,在大学里算第一吧!"

"别说大学,日本第一也数得着了!"

"那申请吉尼斯世界纪录怎样?"

屋里随即爆发出一阵大笑,另一个医生说:

"可中间停下那四个半小时有可能给扣掉。"

"那就申请手术中断最长纪录!"

于是,又引起一片哄堂大笑。

夜深了,大手术结束后痛饮的速度却一点儿也不慢,年轻医生们早已换上了威士忌和清酒。

尾津突然注意到坐在斜对面的村上医生,轻轻抬手招呼道:

"几点回来的?"

"刚刚,二十分钟前。"

"那还是我快!"

"回来早了不合适,在路上闲逛了一圈。"

"胡扯!根本就是一路狂奔回来的吧!"

尾津反唇相讥道,村上一口干了杯里剩下的啤酒。

"不过话说回来,今天可真吃了个大亏,一时半会儿都不敢再跑高速了。"

"到底用了几个小时?"

"从箱根出来是三点嘛,整整八个小时哪!"

"这也申请吉尼斯世界纪录吧。"

"不行吧?走路用时间更长嘛!"

"开刚买一个月的新车八个小时怎样?"

又有人插嘴进来,惹得笑声大作。等笑声平息下来,村上像是不胜钦佩地说:

"不服不行,尾津前辈真是气势惊人啊!拎起肾就往回走!走的还是酒匀川上的那座铁桥!"

"我后来也觉得自己太不正常,亏也干得出来。"

"脑袋稍微正常点的都做不到。"

虽然遭后辈揶揄,尾津却开心地笑了。总算赶得及派上了用场,让每个人的心情都平和了不少。

"不过我听说当时要摘除患者爸爸的肾？"

"差一点儿。"

水野刚要回答，一个坐在门边的医生叫道：

"水野前辈，有人找！"

"谁啊？"

水野问，年轻医生低声说：

"好像是刚做完手术那位患者的父亲。"

医务室里充斥着烟味和酒味，水野在嘈杂声中站起身来走向门口。

水野将门稍推开一点来到走廊上，岩崎正纪的父亲站在面前。

"不好意思，您正忙工作吧……"

父亲问，水野摇摇头。大家都在喝啤酒，却被家属以为在忙工作，脸上很是挂不住。

"您有什么事？"

水野边问边关紧身后的门。

"嗯——，这个……"

父亲四下看看，将捏在左手里的纸包递过来。

"一点小意思……"

"别，请您别这样。"

他像是来送儿子手术的谢礼的，水野推了回去。

岩崎家已经给医务室送来了一箱啤酒，刚才一块喝的里面也有他家送的。做完手术,收下表示谢意的啤酒也就罢了,在这之外并没有再接受个人赠礼的意思。

"真的不用了。"

"一点心意,不成敬意……"

看来这对父母,除了送医务室啤酒,还想单独给主治医生送谢礼。

"请一定收下!"

话都说到这份上了,再推托的话可能反而失礼,而且老是在走廊上这么推来让去也不妥。

"那我姑且收下。"

小东西收就收了,要是现金的话过后就再还回去。

"刚才正纪回病房了……"

父亲突然换成来知会一声的语气。

"像是还没完全从麻醉状态中醒过来……"

水野和父亲很自然地迈步向病房走去。

"他说想喝水,可以给他喝?"

"可以用纱布蘸水贴在他嘴上。"

父亲点点头,稍顿了一会儿说:

"说实话,有事求您,我和儿子……"

水野驻足盯着父亲。

"您可能已经知道了,那孩子不是我亲生的。"

水野轻轻点点头。告知他血型不符时,经太郎未置一言,果然是早就有数了。

"给您添麻烦了！"

"不不,是我们自作主张……"

给人添麻烦的,倒不如说是水野他们。如果知道他俩不是父子关系,当然就不会乱指挥人家供肾了。

"您是医生嘛,不瞒您说,那孩子是内人再婚带来的……"

夜深人静,走廊上多少凉快了一些,经太郎用白手帕擦擦脑门。

"事出有因,我是在知道这事后跟内人结的婚。"

水野对自己曾有一瞬间以为文子出过轨感到羞愧。确实,如果做出那种事,又被别人说血型不符的时候,她肯定会很狼狈的。

"我自己已经有二十年没查血型了,而且听说多少差点儿也不妨碍移植。"

倒也是,O 型可以输血给 A 型,肾移植也是有可能的。

"因为不是亲生的,所以才觉得可能不行。"

"早知这样,您说清楚多好！"

"不过当时……,我自己也有那心思,要是可能,供肾也无妨。"

"可是……"

"是啊,犹豫了很久！说心里话,一开始我并非情愿。可后来又想,要是因此能歪打正着的话也不是不行。"

"歪打正着？"

"最近女儿一直在怀疑。"

"怀疑跟正纪君的关系?"

"可能是女孩子的直觉,她总觉得不太像。"

水野想起女儿朋子含泪哀求"爸爸,救救哥哥!"时的情景。朋子那样要求,说不定她是坚信父亲跟哥哥是亲生父子。

"可还是失败了!"

"失败?"

"这一来,反而像是让她弄清楚不是亲生的了。"

经太郎又抬腿往前走。水野一边跟上他的步调,一边不无歉意地说:

"都怪护士多嘴多舌……"

"不怪护士,这孩子最近好像在学校里学了血型,老是疑神疑鬼的。"

水野点点头,直截了当地问:

"冒昧问一句,您跟您女儿呢?"

"跟朋子?"

经太郎问清后断然道:

"女儿当然是亲生的!"

"那她跟她哥哥……"

"这孩子怀疑她跟她哥哥可能不是亲兄妹。"

水野终于弄明白了事情的来龙去脉。父母再婚,夫妻二人倒是和和美美,但哥哥跟妹妹并非同一父亲所生。妹妹隐约觉察到这一点,通过这件事,一切似乎都水落石出了。

"真丢人！"

"哪里话……"

水野非但没笑话经太郎，反而被他愿意为没有血缘的孩子供肾的行为感动不已。就算他还有借此给女儿一个父亲与哥哥是亲生父子的印象的心思，这也不是一般人能做得到的。

"要求您供肾前我们应该考虑得再慎重些。"

"不，是隐瞒实情的我们不好。"

说到这里，经太郎停下脚步，郑重其事地说：

"有个请求，能拜托您吗？"

"请讲。"

"希望您不要告诉正纪这件事。"

"当然……"

家庭问题跟医疗问题本就是两码事。医生只需救治被伤病折磨的患者，没有更进一步涉足患者家庭内部的意思，也不该那样。

"早晚有一天，正纪也会知道，至少眼下，想再瞒他一阵子……"

"请放心……"

"非常感谢！"

傍晚手术前来医院的时候，经太郎红光满面，确实给人一种精明能干的商人的印象；而现在，一脸疲惫不说，两腮都像是瘦进去了一块。

守候在手术旁近七个小时，再加上这意想不到的亲子事件，似乎更加重了他的疲累。

"那……"

水野对打算就此直接回病房的经太郎说道:

"我也一起去。"

患者从手术室转回病房后,检查其全身状态是主治医生的职责。

水野到值班室看过麻醉师递交上来的图表后来到病房。

开门见正纪躺在里侧窗边的病床上。

因为刚回病房,还有位护士正在床边查看点滴的情况。母亲忧心忡忡地站在一旁,妹妹朋子则在枕边像看着什么可怕的东西似的盯着护士的手。

"情况怎样?"

水野问,护士按着针头的位置答道:

"体温三十七度二,血压一百一。"

水野点点头,将听诊器贴到正纪胸口上。

心音正常,肺部也并没有堵上痰或渗出液体的迹象。水野又把了把脉,轻声呼唤他的名字。

"正纪君……"

正纪虽然双眼紧闭,耳朵应该能听得见。像在回应这声呼唤,正纪微启双唇轻轻摇摇头。

"正纪君,听得见?"

水野又贴近正纪耳边问,后者微微点头。倒是能听见,只是长时间的手术实在累坏了他,像是疲惫得连眼都懒得睁。

能有这点反应就用不着担心了。

"没问题。"

听了水野的话,母亲使劲点点头。

"刚醒时他可能会乱动,请留意一下。"

水野本来是对母亲及站在枕边的妹妹说的,但朋子的眼神始终没从哥哥脸上离开。水野吩咐护士安排导尿后,对床后的父亲说:

"我在医务室,有什么事的话,尽管来找我。"

水野打算今夜一直守在医院。今天不是自己值班,病人状态稳定后回家也没关系;不过在长时间手术后,放下他不管的话,实在难以安心。

"回头见……"

见水野要走,父母二人同时躬身,朋子依旧盯着哥哥的面容,铜像般一动不动。

"那姑娘还是没顺过劲来。"

到了走廊上,护士说。

"可能受刺激太大。"

"大概今天刚知道哥哥跟自己不是一个爸爸生的。"

"又正是最敏感的年龄。"

"我觉得没什么,不过病人醒来后决不能再提血型的事!刚才他爸爸特别过来嘱咐过了。"

"我们再怎么傻也不可能说。"

护士有点恼火地呛了水野一句。

"这我清楚,就怕有不小心说漏嘴的时候嘛!"

"不过,因为这事儿发现不是父子关系,真讨厌啊!"

护士的话很有实感,水野也学着她的样说:

"是啊,讨厌!"

医生、护士、家人所想所做都是为了患者,结果却带来意想不到的影响。

"那就拜托你们啦!"

走到值班室门前时,水野对护士摆摆手。

"您一直在医务室吧?"

"对,有什么事马上通知。"

水野像要把郁闷的心情一扫而光似的答道,接着走向正有啤酒等着自己的医务室。

医务室里还有近十位医生在喝啤酒和威士忌。

因为刚从长时间的手术中解放出来,大家喝得都特别快。有几位醉醺醺的满脸通红,还有几位已早早地吃起外卖送来的寿司填肚子了。

又吃又喝、又说又笑,只有这方寸之地,吵闹得竟让人以为这不是在医院里。当然他们并非净开些没用的玩笑,也不是单纯的闲聊。

眼前,桌子一头的黑板上画着两根血管及蚕豆形的肾体,旁边还有横写的文字。他们正边喝酒边就肾与血管的缝合方法展开讨论。手术后在医务室喝一杯,并非单纯饮酒作乐。有关今天的手术,前辈分享自己的经验,后辈听讲的同时也增长了知识,可谓现实中最生动的讲堂。

"手术前的血管造影知道得更准确点就好了。"

早两期的日下医生站在黑板前嘟嘟囔囔。肾血管转移部分的形态因人而异,这部分一旦进入移植阶段,往往成为令人难以预料的棘手问题。

"别光给正面拍照,也从背面或侧面拍,怎样?"

一位年轻医生出了个主意,当众人就此争论起来时,尾津来到村上身旁。

"我说你小子不是有个约会嘛!"

冷不丁被提及此事,村上本就涨红的脸更红了。

"现在都这个点儿了,无所谓啦!"

"本来在有肾移植手术的日子安排约会就不对!"

"哪能这样说?移植是今早突然定下的嘛!谁都不晓得今天会有个捐肾的不是?"

"肾外科的医生都是先工作后恋爱。"

手术成功后,玩笑开得也起劲了。

"前辈,能给写个证明?今天可是因为突发事故迟到的。"

"你小子真给那女孩迷住了?"

"我一直是真心的。"

"花花公子！因为肾移植弄丢了女朋友也不坏嘛！"

尾津调侃道。小笠原拍着手大笑：

"偶尔给甩一次也挺好！"

"你不是也有什么事来着？"

这次矛头又指向了小笠原。

"老妈从乡下来了，本来说好去接她。"

"不是二十多岁的小妈？"

"没说谎，真是我妈！"

"算了，去接亲妈的话可以原谅。"

"可这事儿，该向谁索赔好呢？"

村上还在怨天怨地。

"应该跟道路公团索赔吧？"

"因为约会迟到就发牢骚的女人，甩了她！"

小笠原正说笑时，水野返回医务室。

"怎样？"

尾津问，众医生都安静了下来。

"那位患者的爸爸果然不是生父，孩子是再婚妈妈带过来的。"

"他本人这样说的？"

水野没坐下，把从父亲那里听到的复述了一遍。

"希望咱们在那孩子恢复意识后也别对他讲……"

"当然，谁也不会说。"

日下说完,马上像是又想到了什么似的补充道:

"这种事,难道不是早晚都会知道?"

"不过,他说当前还是瞒着他好。"

"那他明知不是父子还说供肾?"

"似乎是想借此证明是亲生父子。"

"当爸爸的也真是不容易啊……"

话题严肃起来,屋里多少有点冷场。

"噢,已经十二点四十啦!"

村上的一句话,让大家齐刷刷地扭头看向钟表。从快到十二点开始喝,实际上喝了还不到一个小时。

"该回去了吧!"

"感觉才八点来钟。"

说着,有两三个人站了起来。也有人要接着喝,还有人直接商量起了凑手打麻将的事。

"水野前辈,今天我值班,做完移植手术的病人还按以前的办法处理就可以吧?"

比水野晚两期的关根医生问。

"可以,不过我也留下。"

"刚才检查过了,病人很安静。有什么事的话我给您打电话,您回去也不要紧。"

的确,按现在的状态,不像会出问题的样。

"怎样?不再去喝点?"

给尾津一勾引,水野动了出去的心思。

"那我把喝酒地方的电话告诉你,去去就回。"

"请您好好歇歇吧!"关根医生说。

水野喝光杯里的啤酒出了医务室。

外面依然闷热。都过十二点了,温度似乎还在二十五度以上。可能因为阴天,天上月亮星星都不见踪影。

尾津突然想起出了交通事故的山谷的情景。那一带现在可能也是一片黑暗,也是被闷热包裹得严严实实。

"怎么打算?"

尾津问,水野略微想了想。

"还是就近吧!"

出大学医院走一百来米就到了大路上。沿大路再走,开在第一条小巷尽头的一家酒吧一点以后也不打烊。

他们哼着小曲进了店,店里有五六位客人在喝酒。

"来,辛苦啦!"

两人坐在吧台边,点了兑水威士忌,又碰了一次杯。

"怎么啦? 这么晚了都还在呀?!"

刚才还在跟别的客人聊天的老板娘马上来到两人近前。

"刚做完手术。"

"不会吧! 您二位不是都喝过了嘛!"

"所以说嘛,做完手术,稍喝了点才来的。"

"这么晚？"

老板娘瞅了瞅藏在吧台下面的表。

"已经一点了啊！"

"从早晨起就给一个手术搞得团团转。"

"是吗？"

对不相信的人解释也没用，水野无奈地喝了口兑水威士忌。

"今天可真够呛！"

"你去箱根这一趟，很累吧！"

"我还好，你可是主治医生啊！"

两人是同期中脾性最合得来的。

"不管怎么说，平安无事就好。"

"有一阵子我都不知道该怎么办了。"

以前他俩经常喝到很晚，嫌回家麻烦就一起宿在值班室，水野今晚也没打算回去。

"我说很奇怪啊！"

"什么奇怪？"

"就当前的医学水准来讲，肾移植应该是需要最高水平的技术和设备的手术吧？"

尾津用搅拌棒在玻璃杯里搅动着说：

"咱们的技术不管带到世界哪个地方都不丢人！"

"可是出一点点事故就没辙了。"

"你不觉得科学这玩意儿其实很脆弱？就因为卡车顶上了轿

车,号称最现代化的高速公路转眼就瘫痪了!"

"托它的福,连医学界最尖端的肾移植手术都做不成了!"

"只要有一点闪失,最新的技术也都成了没用的摆设。"

想起夜晚铁桥上连绵不断的车队,尾津的心又给那种毛骨悚然的感觉攫住了。

"仔细想想,医学也许是很残酷的。"

又要了杯兑水威士忌,水野若有所思地咕哝道:

"要是没这次手术,有些人就不会知道他们不是亲生父子。"

"不过,迟早会知道的吧。"

"虽说如此,可是想想那个家以后该怎么办,我心里就堵得慌。"

"这类问题,供肾者那边也有。"

尾津两只手拢着兑水威士忌酒杯说。

"其实大可不必,因为捐肾这事儿,捐肾者的太太跟亲戚们也闹得很不愉快。"

"太太反对?"

"正相反,老太太反对。供肾者的哥哥也不同意,很难缠。"

"太太倒是通情达理的人?"

"不如说她明白人要是没救了也没办法这个理儿。"

尾津想起身穿白色罩衫、体态娇小的那位太太的侧影。

"不是那么容易就想得通的。"

"太太似乎不知道供肾者深夜开车去东京的事。"

"莫非是要去别的女人那里?"

"不清楚,可能吧。"

"也就是在出轨的路上出的车祸喽?"

"八成是,不过那就不是咱该插手的问题啦!"

大概有线广播开着,酒吧里流淌着一首老年间的情歌。做完手术来喝酒,还是这种歌能让人平静下来。

"单靠医学,很多问题都解决不了。"

尾津喝光兑水威士忌。这时,坐在吧台边上的一位客人站起身来,想必醉得很厉害了,脚下踉踉跄跄。

"这怎么成啊!快直接回家吧!"老板娘担心地追了过去。

"总之,要是没这肾移植手术,就什么问题也不会有吗?"

等两人的身影消失在门外,水野说:

"也没法说,只不过没有移植手术的话,他们的日子至少能过得更安稳些是肯定的。"

"可多亏这手术,那小伙子才得救了啊!"

"确实,保住了一条命。"

"作为咱们,只管治愈病人就好。"

"这话是不错,但咱们脑袋里光有医学,几乎从没考虑过医学对身边的人的影响。"

"这种事考虑起来就没完没了吧?"

"虽说没完没了,可感觉这科学和医学中也有让人生厌的地方。"

"让人生厌的地方……"

水野点点头,又重复了一遍。

"感觉让人生厌……"

很难把这话解释得更具体了,所谓的科学进步中,有让人生厌的感觉这一点像是确凿无疑的。

"说到底,是那种非人性的东西吧?"

"也有这方面的因素……总觉得性质不同。"

"可能确实不一样。"

两人都盯着吧台前方陷入了沉默。这时,去送客人的老板娘折返回来。

"怎么啦?你俩都阴着脸?吵架了?"

"没什么,就是在想点儿事。"

"手术不是做完了嘛,来,现在就开开心心地玩个痛快吧!"

老板娘拿起威士忌酒瓶,给两人杯里添上酒,又给自己杯里也加上。

"干杯!"

听着已逞醉态的老板娘娇媚的声音,尾津端起酒杯,意识到这个漫长炎热的夏日现在终于结束了。

图书在版编目（CIP）数据

一个漫长炎热的夏日/（日）渡边淳一著；纪鑫译. —青岛：青岛出版社，2019.11
ISBN 978-7-5552-8650-9

Ⅰ.①…… Ⅱ.①渡… ②纪… Ⅲ.①长篇小说–日本–现代 Ⅳ.① I313.45

中国版本图书馆 CIP 数据核字（2019）第 233025 号

長く暑い夏の一日 by 渡辺淳一
Copyrights：©1985 by 渡辺淳一
This edition arranged through OH INTERNATIONAL CO. LTD.
Simplified Chinese edition copyrights：©2019 by Qingdao Publishing House Co., Ltd.
All rights reserved.
简体中文版通过渡边淳一继承人经由 OH INTERNATIONAL 株式会社授权出版
山东省版权局著作权合同登记号 图字：15-2017-237 号

书　　名	一个漫长炎热的夏日
著　　者	（日）渡边淳一
译　　者	纪　鑫
出版发行	青岛出版社
社　　址	青岛市海尔路 182 号（266061）
本社网址	http://www.qdpub.com
邮购电话	13335059110　0532-68068026
策　　划	刘　咏　杨成舜
责任编辑	曹红星
特约编辑	管　芃
封面设计	祝玉华
照　　排	青岛佳文文化传播有限公司
印　　刷	青岛双星华信印刷有限公司
出版日期	2019 年 11 月第 1 版　2019 年 11 月第 1 次印刷
开　　本	大 32 开（890mm×1240mm）
印　　张	7.625
字　　数	145 千
印　　数	1–7000
书　　号	ISBN 978-7-5552-8650-9
定　　价	39.00 元

编校印装质量、盗版监督服务电话　4006532017　0532-68068638
本书建议陈列类别：日本・畅销・小说